# 时间里的母亲

胡学文 著

人民文学出版社

**图书在版编目(CIP)数据**

时间里的母亲/胡学文著.—北京：人民文学出版社，2023
ISBN 978-7-02-017136-1

Ⅰ.①时… Ⅱ.①胡… Ⅲ.①散文集—中国—当代 Ⅳ.①I267

中国版本图书馆CIP数据核字(2022)第074682号

| | |
|---|---|
| 责任编辑 | 杜　丽　温　淳 |
| 装帧设计 | 黄云香 |
| 责任校对 | 韩志慧 |
| 责任印制 | 张　娜 |

| | |
|---|---|
| 出版发行 | 人民文学出版社 |
| 社　　址 | 北京市朝内大街166号 |
| 邮政编码 | 100705 |

| | |
|---|---|
| 印　　刷 | 北京盛通印刷股份有限公司 |
| 经　　销 | 全国新华书店等 |

| | |
|---|---|
| 字　　数 | 113千字 |
| 开　　本 | 850毫米×1168毫米　1/32 |
| 印　　张 | 7.25　插页1 |
| 印　　数 | 1—6000 |
| 版　　次 | 2023年5月北京第1版 |
| 印　　次 | 2023年5月第1次印刷 |

| | |
|---|---|
| 书　　号 | 978-7-02-017136-1 |
| 定　　价 | 69.00元 |

如有印装质量问题，请与本社图书销售中心调换。电话：010-65233595

# 目 录

时间里的母亲 /003

齿轮 /023

光在遥远处波动 /050

二舅的村庄 /072

姑姑 /089

姨夫 /099

陪母亲回乡 /115

我和祖奶 131

井 /136

村之鸟 /142

一座城，一个门 /149

坐车记 /161

师范岁月 /170

追着芳香走 /182

迷人之旅 /190

谈诺奖作家 /205

声音之味 /221

生存原来是这么回事

## 时间里的母亲

### 1

庚子年二月二十八日,母亲离去了。近两年,我多次梦见母亲离我而去。一次抱着母亲号啕,另一次我和父亲祭扫,竟找不见母亲的墓地,无助大哭。均在半夜时分惊醒,我赶紧打开手机,虽然是梦,仍心惊胆战。三点,五点,六点,起床时,铃声没有响起,我这才敢确定那就是梦。我责备着自己,却又满心欢喜,母亲说,梦是反的。童年时代,我做了可怕的梦,母亲总是这样安慰我。我半信半疑。人到中年,我坚定地相信母亲的说法。既然是反的,就不用那么紧张。每天晚上,我要和母亲通话,那日,我没等到晚上便拨通了她的手机。我以为,这样幸福的通话会一直持续下去。

在那个早上，母亲离开了。

我没有哭。我不相信母亲离我而去，她只是如以往那样睡着了，那么安静，那么安详。在病重的日子，母亲经常从睡梦中惊醒，而醒着，她止不住地呻吟。现在，她香甜地睡了。原来她是高个子，原来她的腿这么直。我坐在她旁边，就那么坐着，就那么看着她。直到从老家返石（石家庄），我好像都没流泪。

清明前夕，我开车回张（张家口）。当穿过一个又一个隧道，到了蔚县地界时，我突然意识到母亲不在了，突然意识到母亲不在意味着什么。她不会再站在窗前，看着我停车，不会再叫我的名字，不会再问我几点走的，路上吃了什么东西。她不会再去厨房忙碌，不会再让我到床上展展腰。她不会再早早地搬出被褥，不会再偷偷检查我的洗漱包，看我是否吃药。她不会再坐在餐桌前，看着我吃饭。她不会再叮嘱我少喝点酒。她不会再嘱咐我安心写自己的，不用操心她。她不会再和我讲乡村往事。她不会再一遍又一遍地说开车要小心。夜里，我再听不到她从睡梦中惊醒的声音，再听不见她压抑的咳嗽声。再见不到她佝偻的身影。

心陡然被挖空，眼泪决堤般汹涌。视线受阻，放慢车速，抹一把,再抹一把。后来不得不把车停在路边。

## 2

我十二三岁时,母亲带着我和弟弟妹妹乘坐牛车去内蒙古地界的村庄照过一张合影照。没有父亲。父亲是木匠,总是忙碌。那是我第一次照相,既好奇又兴奋。十几里的路,走了两个多小时。没有我想象的那么有趣,站在用布做成的背景前,三分钟不到就结束了。待乘车前去的人都照完,便开始返程。刚过中午,日头毒辣,腹中饥饿,而那头老牛也疲困到极点,怎么抽都是四平八稳。出发前都是打扮过的,如登台演出般——也就是脸和脖子洗得更干净了些,女人们雪花膏抹得更厚了些。我们兄妹三人也抹了。待回到村庄,个个灰头土脸,嚼嚼,嘴里还有沙子。终于照相了,辛苦是值得的。

照片是黑白的,半个巴掌大小,我觉得把我照丑了,嘴唇那么厚。把我照丑也就罢了,母亲也不如她本人漂亮。母亲并非第一次照相,我见过她与同学的合影。虽然也是黑白照,但站在前排的她光芒四射,连她乌黑的长辫子都那么亮。我在堆放粮食杂物的小房无意翻到过父亲和母亲的结婚证，证上的母亲也是俊美的。我不知父母为何要把结婚照与杂物放在一起，而不是藏到柜子里。我像窥看了父母的秘密，甚是慌张，又放回原处。

那时，我不知道，照相的经历，老牛、尘土、毒日、西风，随着时光的行走会成为美好的记忆，在咀嚼中永恒。那时，我不知道，窥看在心里住久了，会生根，发芽，枝繁叶茂。每每念及，芬芳流溢。那时，我不知道，庸常日子里的数落、责备、疼护、牵挂会变成一样的颜色，一样的温度；而所有的烟火，所有的场景、声音、眼神，所有的画面，会随同岁月一起发酵，甜如蜜糖。

## 3

在那个年代的乡村，母亲和父亲一样算是有文化的人，论起来，母亲文化更高一些。父亲因地主成分被迫中止读书，母亲退学则是外祖父的无用观念。我少年时，母亲常常和我说起。如果可以读下去，人生或是另一种色彩，但许多时候是没有选择的。待我读了师范，母亲再没说过。那个梦终如花瓣凋零。母亲俊俏，但乡村长得美的女人多得是，如果让子女评说，没有哪位儿女认为自己的母亲相貌丑陋，可即便这样，如果我当面夸母亲，母亲也该开心的。遗憾的是，我做过许多令母亲开心的事，但从未夸过她。在意识深处，似乎夸母亲貌美是不敬的。羞怯缝住了我的嘴巴。在一遍遍思念她时，我万分后悔，轻易能做到的，恰恰没做。为什么不夸夸她呢，哪怕只一次？除了羞，我想，可能是觉得我的夸并没那么重要，且那不是母亲特别的地方。母亲出众在于她的文化和才艺。

母亲做过生产队的出纳，若说出这一职务的职权，可能会引来哄笑。但彼时，是身份和能力的象征，是有光环的。当然，队里也实在难找这样的人才，不然也不会轮到母亲。待有人能接替了，母亲便被卸去职务。

母亲还代过课，那也相当了得。她代课的自然村距我们村有六七里的距离。没有自行车，来回步行。那段日子母亲心情极好，不要说六七里，就是十里二十里，她也不会累的。待有人能接替，母亲的任教生涯便结束了。没有几个人记得她当过出纳，但教过的学生都记得她。某年，我和母亲锄地迎头遇上那个自然村的某某，那人停住，很恭敬地叫了声赵老师。母亲愣了一下才应答。美好的记忆被唤起，母亲脸上浮现彩霞。边锄地边和我讲这个学生如何，那个学生又如何，好像他们都是叱咤风云的人物，其实不是。

母亲兴奋得有些过，许多年后，我才明白她为何么高兴，绝不仅仅是美好两字可以涵盖。

母亲擅长画、剪窗花，这不由公家定，没有谁能从她手里夺去。

每年春节前一个月，家里便人来人往，络绎不绝。多是女人，也有男人，都夹着红纸，除了自家，有时还捎带邻居的。母亲直接问，画什么呀？有的会让母亲看着画，什么都行；有的细心，说去年画的喜鹊登枝，今年画别的吧。急的，母亲当下就画了；不急的，母亲会留下慢慢画。我喜欢看母亲画，有时还按她的要求将红纸叠成方形或长方形。煤油灯昏暗，母亲头埋得很低，我想看得清楚些，脖子也伸得长长的，尽量不碰到母亲。但有时太出神了，超过了观众的领地，母亲画得专注，也未注意到，头与头碰在一起，母亲笑一笑，我赶紧退缩到原来的位置。

树木、花草、日月、星辰、百鸟、蝴蝶……在漆黑的乡村夜晚，在土炕上，或生长或绽放或吟唱或飞翔或东升西落。母亲没正式学过绘画，除了个人喜好，我想也是逼出来的。如果乡村有会画的，她或许就不画了。所以她的技法是野路子，没章法，全凭感觉和悟性。她画登枝的喜鹊，是从脚画起，然后是身、双翅、头颈和尾巴，而画在空中飞翔的喜鹊，则从喙画起，喙上自然叼着花什么的；若画互相凝视的喜鹊，则从眼睛画起，然后是头、身、尾。如果说特点，我想就是自由随意。有一次，她问我想画什么，我想了想说画马，她说那不行，马蹄那么硬，还不把玻璃踢碎。我认为她不会画马，所以找出这样的借口，没料被她看破了。母亲说马就马，然后就画了。是长翅膀的，飞在空中的马。我惊得瞪大了眼，那是我第一次看到长翅膀的马。我以为母亲乱画，那窗花没给别人，贴在我家的窗户上。多年后，我意识到母亲信马由缰的观念，其实是前卫的。

　　村里会剪窗花的不少，所以，母亲既负责画又负责剪的，多是亲戚家的。剪窗花没什么意思，而且白日光线好才行，所以我不怎么看。

　　母亲画得最大的画是墙围图。土墙容易蹭掉皮，所以有条件的人家会把炕两侧用水泥打出一公分左右厚的墙围，再请画匠画八仙过海或九女归家，有时只画风景，那既要看画匠的擅长，也要看主家之喜好。但请画匠要花钱，所以有的人家贴一些旧画，还有贴烟盒纸的，有的不搞任何装饰。上世纪八十年代，我家的日子也好过了些，父亲打了水泥墙围，装饰自然是母亲的任务。母亲买了画笔和颜料，一天画一点,三个月才画完。她没画八仙过海,没画九女归家,也没画长翅膀的马,她画的是风景图,但又不是纯风景。风景里有连续性的故事,虽然一个图里只有一到两个人,但也能看出来,当然,也只有我这样慢慢品的人才能看出,更多的人夸赞,都是大而无当的,画得太好或太像了。

母亲另一幅作品是弟弟家的墙围画。弟弟成家前,母亲完成的。她有了经验,自然画得更好。

如果母亲能接连地画……我不止一次地想,也就想想,人生是不能假设的。她的画作一幅也没保存下来,但毕竟是有作品的,始终装在我的脑子里。

## 4

才艺不是母亲的饭碗,母亲的本职是农民,要下田劳动,而且,父亲因为是木匠,另有活计,帮不上她,母亲的负重要超过别的女人。母亲并非优秀劳力,不像我四姑,割地无论多长的垄,从头至尾不停顿不直腰,没人追得上她。四姑是村里的铁姑娘,母亲差得远呢。割地一般五至六人一组,领头的叫驾辕,最末的是捆要,即把割倒的庄稼捆绑成形。若是四姑那样的好手驾辕，整个小组的速度都快，然若遇上母亲这样的慢手，也快不了哪儿去。驾辕的急，捆要的也急，但更急的是母亲。她不愿拖后腿，又割不快，越急越乱，左手包括脚踝伤痕累累。整个秋天，母亲的左手都缠着布，没等这个手指好利索，那个手指又割伤了。即便这样，母亲也不请假，不是请不出，而是不敢请。如此卖力，年终分红因赊欠，柜子、缸、水桶都被抵了债，若工分不够，被抵扣的东西将更多。

土地承包后，劳动自由了许多，可以快，也可以慢，但仍不轻松。而且单项技能不行了，耕、耩、锄、割、碾场、扬场、套车、赶车，样样都要会。但不是每项技能都能学会，比如捆要，母亲就学不会。她倒是能捆住，但捆得不紧，装不上车，拎起来便天女散花。许多次，母亲都得请亲戚捆要，那还要看人家有无时间。每到秋天，母亲都愁眉不展。我学会捆要是逼出来的。开始也捆不牢，后来终于掌握了窍门，无论小麦莜麦，还是胡麻荞子，都不在话下。

但我也不是什么都能学会，有些活须和母亲合作完成，比如套车，当然不是每次都能合作好。某年秋天，我和母亲赶牛车到后滩割地，赶车并非只是代替脚力，而是还有割草的任务，须用车拉。割了没一会儿，西边就阴了。我担心下雨，劝母亲回，母亲不肯。农村有个词叫抢收，即在暴雨、冰雹来前抢割庄稼。母亲是要抢收吧，然黑云行走的速度实在太快了，不到一小时，便吞噬了天空。狂风大作，沙尘扑脸。母亲这才急了，令我牵牛。牛平时是温驯的，那日耍起了脾气，怎么也不肯把身子倒进车辕。要么倒退了，却往另一个方向。我抽打了两下，它更不配合了。后来，我牵住缰绳不动，母亲拽车前行，好一番折腾，才将车辕辖住它。那时，豆粒样的雨点已开始砸落。两人被浇了个透，我没少埋怨母亲。那晚，母亲烙了白面饼，作为对我的奖赏和补偿。数年后，我开始写作，方意识到淋雨的经历其实是财富，我无须为写暴雨而刻意体验，就算体验，也不会在狂风暴雨中行走一个多小时。

冬闲是个伪词，至少对乡村的女人们而言是这样。没有集体劳动，男人们可以吹牛聊天，打牌喝酒，但女人们不行，一家老小的鞋帽衣服，都在等着。这既是体力活又是技术活，其中做鞋最耗时。先是粘鞋帮，要用面熬糨糊，不能太稠，否则粘不匀，也不能太稀，那会粘不牢。然后把提前剪好的破布一层一层叠加粘在一起，用石头压在炕头，干透后再用针线缝。鞋底更难做：把剥下来的麻搓成绳，绕到用动物骨头或木头做成的绳棒上，鞋底的粘法与鞋帮相同,但比鞋帮厚许多,要分两次才能粘好,而且因为厚,缝纳的针脚须细密,否则鞋底不结实。缝鞋底极枯燥,因用劲儿勒,手背都要套个布套,否则几下手背就青了。冬日的夜晚,母亲纳鞋底的声音伴我入睡。一觉醒来,母亲在纳;又一觉醒来,母亲还在纳。我不知她几时睡的,又是几时起的。我于一九八四年考入张北师范,上师范的头一年,穿的还是母亲做的布鞋;而母亲做的棉裤,我一直穿到成家。

母亲嫁给父亲时,基本什么都不会,但一样又一样,或被动或主动,她都学会了。后来进城,她学会了做生意,学会了讨价还价。岁月染白了她的头发,她也在岁月中证明了自己。

## 5

来,尝尝!

某次坐火车,对面的妇女撕开小袋的面包让小孩吃。那小孩扭着不配合,妇女如是哄劝。我突然想起母亲。

蒸馒头放碱是很关键的步骤,碱大发黄,碱小则酸,母亲掌握不好,这和画画不同,想象派不上用场,母亲的窍门是烧碱蛋。待面揉好后揪一小块放在灶里烤，有点像烤面包。碱蛋上难免粘了柴火和灰，但拍打几下便光滑而干净。若是碱小，就再往面团里加点儿碱；若是碱大，就让面团多醒一会儿。这是个笨办法，但有效，不怕麻烦，还可以烧两次碱蛋。

母亲每次烧碱蛋，我便虎视眈眈地守在旁边。那时，我总感到饿，好像胃里装了大铲子，吃进的东西都被铲跑了。母亲掰碱蛋察看过，便塞给我，仿佛怕馋嘴的我不好意思，每次都要说，来，尝尝碱大小！有时还问我，怎么样？似乎我的评价多么重要。我不说大，也不说小，香喷喷的碱蛋两口就被我吞进肚，哪顾得上品尝，含糊地唔一声，算是应答。

母亲擅长做莜面，推窝窝、长鱼、扁鱼、三下鱼、黑山药鱼、锅饼、纯面傀儡、山药傀儡、山药饼、山药饺子、行李卷、磨擦擦、压饸饹……坝上莜面有四十余种做法，母亲几乎都会做，在这方面，母亲无师自通，且有创新。比如她用熟土豆捣成泥团蘸汤料吃，我在他处从未吃过。莜麦耐寒抗旱，是口外种植最广的作物，被誉为口外三宝之一，一个又一个日子是靠莜面的喂养前行的。那时，我奢望着天天能吃上白面馒头，终于如愿了，却觉得还是莜面好吃。母亲更是这样，在县城居住的日子，隔天便要吃一顿莜面。

七十年代末至八十年代中期，玉米面是主粮。虽然种的是小麦和莜麦，但交完任务粮，所剩无几。在粜粮的同时，买回玉米面。对这个陌生的品种，母亲很快就学会了蒸玉米面窝。自然不乏创造，如玉米面傀儡、玉米面摊饼、玉米面糕、玉米面饺子。她的创造是逼出来的，因为我们兄妹三人都不喜欢吃。母亲当然也不喜欢吃，但每次她都装出香甜可口的样子，有时故意咂出声音，就像她吃的是山珍海味。有一次，弟弟吃了几口嫌难吃，便摔了筷子，母亲很生气，拍了弟弟一巴掌。她对食物心存敬畏，可以不吃，但不能说难吃，说难吃就是对粮食的大不敬，是对赐予食物的上苍的大不敬。

有了电视后，母亲的视野开阔了许多，常常跟我探讨一些问题，比如诈骗，比如天灾，比如命运，比如人心不足，其中探讨最多的是吃。我说起去什么地方开会，她便问我那个地方的人吃什么，我讲餐桌所见，母亲常常瞪大眼，问，那也敢吃？或，那也能吃？继而问我吃饱吃不饱，仿佛我每次出外必定要饿肚子。我说不是每样菜都吃得惯，但总有合口的。母亲便道，那就多吃点！似乎没有她的呵护，我不敢张嘴似的。母亲从不挑肥拣瘦，之所以把吃看得这么重要，实在是因为饿怕了。虽然后来不必为吃喝发愁了，但终其一生，饥饿的阴影从未远离。

## 6

第一次读《三国演义》，看到曹操所言"宁教我负天下人，休教天下人负我"，我甚是不屑，在日记本上写下"宁教天下人负我，我不负天下人"。或许可笑，但那是我真实的想法，并不是突发奇想，而是从小耳濡目染所致。

如果饭桌上是白面，要么是节日，要么是来了客人。来客，哪怕家里没有，也要去邻家借。也可以说，来客就是节日，所以我盼着客人来，当然母亲就发愁了。父亲碍于面子，借面向来是母亲的事，除非两人正闹别扭，父亲才出马。

所借不会很多，所以客人优先，以免吃得锅见底儿。有了先后，自然就分开等级。比如烙饼，给客人吃的是纯油饼，而自家吃的几乎没油，有时，母亲为了让两样的一样湿润，先倒半碗水，再倒一点油，油水混合，可手艺再高，也不如纯油的香。有一次，父亲的同学来了，是县剧团团长,父亲特意买了瓶香槟酒,他以为香槟可以当白酒一样,不知酒量大的人喝几瓶都没问题的。后来明白到了,特意嘱咐母亲烙饼多放点油,似乎这样可以弥补亏欠。母亲确实很大方,油饼搁多了油,皮上满是泡,黄澄澄的,我在旁边烧火,看得直馋。母亲自然瞧出来,在让我将饼端进里屋时,极其严肃地说,送桌上就出来烧火。我哦哦着,意识到母亲豪奢了一把,余下的饼怕是连油星子也没有了。我端进屋,并没马上离开,油饼的味道钩住了双脚。吃不上,多看看也是好的。客人夹了一张,看看我,对父亲说,让孩子也吃吧,父亲说他还要烧火,一会儿再吃,同时给我使眼色。我没动,不是故意的,实在是被焊住了。客人便夹了一张放在碗里,推给我,先吃,吃了再烧。我没忍住,站在炕沿边,几口把一张饼吞进肚里。我担心母亲揪我出去,边吃边瞄门。客人让我再吃,我没敢,放下筷子就出去了。母亲只是看看我,没说话。我乖顺地蹲到灶坑边。与我料想的一样,余下的饼是油水混合。我并没因吃了纯油饼而吃刁了嘴,觉得油水混合也非常好吃。母亲没怪责我,但再来客,她反复叮嘱我,而且上升到有无出息的高度。母亲对我寄予厚望,而我也发誓长大后有点出息,母亲提到人生的高度,我不能不重视。我不但做到了,而且还代替母亲监督弟妹。

如果从好面子入手研究中国历史，中国文化该是非常有趣的，近来读史，发现从秦汉到明清，历史里程和历史走向有时竟因权重者的好面子而改变。

但母亲这么做不仅仅是好面子，这就是她的处世逻辑，甚至可以说，是人生信条。

## 7

某年夏天，我带母亲到301医院查病，做检查时，医生让母亲把裤子脱掉。母亲看了我一眼，我从她的目光中读出紧张。不是因为面对医生，而是因为我在场。她低声说你出去吧，我一个人行。她那时已患有帕金森，手脚不怎么利索了。我没理她。她坐在凳子上，我帮她脱了裤子抱到怀里。她以为这样就可以了，待听到医生说脱光后，她一下慌了。她没马上脱，而是用近乎命令的口气让我出去。见她这样，我正想退出，医生说家属必须留下。我就留下了。脱掉内裤，母亲又慌又乱，双腿不停地抖，几乎难以站立，而她的脸有隐隐的红色，仿佛她正在当我的面干见不得人的事。终于检查完，但穿上衣服好一会儿，她还在发抖。我笑着劝导，我可是你生的呀。可她认为"不光彩"，离开医院时仍木木的。也就从那时，我发现母亲非常在意在我面前的言行举止。我很难过。我不知因何，不知母亲因何有了拘束。我检视自己,是否哪些地方做得不好，伤了母亲。我做得没那么好，但也没那么差，自认为。那么，究竟是什么？是母亲的性格更腼腆了，还是她的思维逻辑不同于前？我想不明白，可我真的想弄明白，想让她如我少年时那样敢斥责、数落我。自她花甲之后，几乎没有。除了各种嘱咐，她有的只是歉，有的只是愧，好像她负了自己的儿子，负了天下所有的人。

母亲不再训导我，而我却开始因她的错误责备她了。说不清从什么时候开始，也忘了具体是什么事件，总之，我自认站在了正确的一边。在她生命的最后两年，除了睡觉，她所有的时间都用来吃药和等待吃药。中间只隔一小时，甚至半小时。细心的父亲怕记不住,特意在纸片上记了，如课程表。没错，服药成了母亲的课程和任务。母亲吃怕了，和我们商量，能否不喝或少喝。我们说不行，少喝不行，不喝更不行。她患的不是一种病，哪种病都需要喝药。看她艰难喝药也不好受，但总觉得这是为她好，以这样的理由说服自己，心须狠下去。没有商量的余地，母亲终于逃课了，不是所有的课都逃，选择性的。有几天，母亲突然又咳嗽了，问她喝药了吗，她说喝了。她的声音不是很高，目光也躲闪着，我便沉下脸，问她到底喝没喝，觉得力度不够，补充道，老实说！我一副审讯的架势，母亲慌了。她承认没喝，并羞涩不安地笑了笑。我一副揭穿的得意，知道你就没喝，随即倒了药，监督她服下去。她很乖巧，服完还张了张嘴，用眼神说，她没作弊。她的样子像孩子，而我成了家长，我不由得笑了。然后，钻心的痛突然弥漫开，我不敢再看她，不敢看她花白的头发，不敢看她被时间犁出的皱纹，装作内急，溜到卫生间。

在她生命最后的日子，她自己已不能翻身，需家人帮忙。当她不那么疼的时候，就会用愧疚的语气说，把你们都连累了。为堵她的嘴，我有时装作生气，有时和她开玩笑，但不管我何种神态，她还是歉疚的。某日，母亲忽然说，你孝敬。我笑着问，谁说的？母亲说，人们都这么说。我知道她想起了村庄，想起了往事。我用手指理梳着她稀疏枯干的白发，叫她别乱想，闭眼休息，总觉得养精蓄锐重要，却不懂得陪她回忆，不懂得陪她拾觅幸福时光。她是想的，但我用自以为的正确堵了她的嘴。

又一日，我要给她翻身。她让我喊父亲。父亲正在休息，我不忍喊他。她说我一个人翻不了，我说试试嘛。随后，我跪在床上，抱起她，平放后，再转过来，头脸朝向我。我喘息重了些，母亲自是听到了，甚是不安地，把你累草鸡了吧。"草鸡"是坝上方言，指厉害、过度。如果她用别的词，也许就是一个词。这个"草鸡"附着了太多的记忆，我鼻子突然发酸，进而夸张一笑，不累，一点儿也不累。母亲疼爱地看着我，就如过去那样，我却不敢再看她。母亲不止一次地用"草鸡"，在我的童年，在我的少年，在我的青年，那天，是母亲最后一次用这个词，不是她疼得受不了，而是担心她的儿子。

## 8

博尔赫斯在《小径分岔的花园》中制造了一座循环往复的时间迷宫，几乎包含了无限的可能。而托马斯·品钦在鸿篇巨制《抵抗白昼》中，描述了多重宇宙，其笔下的人物在各个世界来回穿梭旅行，就像是穿行于各大洲之间，从一个反地球到另一个反地球。

关于时间，关于宇宙，人类的探索从未止步，我相信多重宇宙的存在，相信一个我在写字台前写字，而在另一重宇宙，另一个我也许干着海盗的勾当。

母亲离去后，我梦见她好几次。一次回村，她正从老屋出来，身体健壮，满面红光，我不由叫出声，不知母亲的身体几时变得这么好。她和我说了几句话，匆匆下地了。我这才发现自己双手空空，竟没给她带任何东西。我往商店走，打算买些糕点，没等走到，梦再一次把我甩出来。我很失落，很不甘心，但母亲行走如飞，我甚是欣慰。另一次，家中盖房，我回去帮忙，见母亲在拌凉菜，土豆丝，菠菜。我想尝一口，结果就醒了。懊恼不已。

我再没做过她离开的梦，每个梦里，她都是康壮的，服了长生药般。我就想，母亲一定活在另一重宇宙，她还能自由穿梭于宇宙之外的宇宙。只是不知她是否还爱画画，是否还要纳鞋底，是否还给别人剪窗花。我知道的是，她从未离开。在另一重宇宙，在我的梦里，亦在我的记忆里。

# 齿 轮

## 1

母亲摔门而出,我立刻追出去,没等父亲瞪眼或斥骂。但我并没有紧追母亲身后,而是在堂屋定了一两分钟,直到母亲出了院子。第一次,我追得过紧,结果被母亲斥喝。她让我回去,我哪里敢回?我不怕她,怕父亲。要说我对她的怕,是怕她跑了,而不是她本人。她跑了,谁给我做饭?或许是我的锲而不舍,母亲在院外的拐角站了两小时,终于被我拽回去。

但这次不一样,她拐过院角,沿着村街向西。那里有一口水井,全村有一半人家从那口井挑水。我吓坏了,小跑几步。母亲转过头,不让我跟她。我立定。她转身,我又跟上去。母亲没到井口，而是拐向北街。我松了口气，但几分钟后又紧张起来。那是出村的路，我不知母亲要去哪里，看来这一次她是真要跑了。我环顾左右，盼着闪出一个人帮帮我。奇怪得很，那一刻大街空空荡荡，甚至觅食的鸡都没碰到。那是春日的黄昏，刮了一整天的风终于偃旗息鼓，而炊烟放肆地摇向天空。谁家在烙饼，我抽抽鼻子，却没有饥饿感。

母亲没有沿着村路向北走——北边是我尚未去过的蒙古草原，她拐进了树林。我绷紧的神经终于松弛，树林是我常去的地方。但我不敢掉以轻心，快走几跑，咬在她身后。树林太大了，我怕跟丢。我已瞧出母亲对我的呵斥是虚张声势，那一巴掌不会扇到我脸上。这一生她没动过我一个指头。

在迷上阅读之后，每每看到女人离家出走的情节，我就想起母亲。村里没有火车站，也无通向外面的汽车，牛马车倒是有，但那是生产队的，包产到户之后我家才分了一匹老马。仅个别人家有自行车,送给她她也不会骑。再说，她往哪儿跑呢？除非去我外祖母家，可牛马车也得走一整天。

二十世纪九十年代初，父母在北京谋生，我回村少了。

有一年，回村的我想多转转，出村便看到那片树林。准确地说，那已不叫林。树被砍伐了大半，稀稀拉拉的。尚立着的要么枯死了，要么是长相难派用场。木秀于林，风必摧之，忽然想起那句话。显然，剩下的树木风都不屑于理了。我不知这些树是幸运的还是不幸的。站立良久，缓缓离开。

母亲逃进的树林茂密得很，除了杨树、榆树、沙棘树，还有一种我至今叫不上名字的树，叶片细长，像女人的眉毛。跟在母亲身后，我第一次感觉树林的无趣和恐怖。我不知母亲要干什么，是不是真不打算和父亲过了。我嘴拙，也不敢劝。那时，我十二三岁，能做的就是不让她从我眼前消失。天一点点暗下来，我的心也一片片地暗着。

终于来了帮手，不，应该说是救星。父亲的姑父，我叫姑爷。他和父亲很说得来，自然是父亲请来的。他怎么知道母亲在树林里？我想了想，明白了。父亲一定跟在我和母亲身后，这一次他是真的害怕了，不然不会向姑父求救。虽说和姑父关系不错，但这样的事对一个爱面子的男人毕竟不那么光彩。姑爷劝了一会儿，母亲离开树林。警报解除，我立刻被饥饿席卷。可我不敢有任何饿的表示，走路都小心翼翼的。

## 2

母亲嫁给父亲是委屈的,在她四十岁之前时常流露。我看过父母的结婚照,还有母亲和同学的合影。她算得上美女,即便依今天的标准。当然,没有哪个儿女认为自己的母亲丑陋,但我可以保证,我绝无夸张。况且,不止我一个人这么说。母亲读过书,在那个年代难能可贵,若不是外祖父封建,认为女子读书无用,她的命运可能是另外一个样子。其中一位功课与她不相上下的男同学,后来成为某大学的校长。这不能证明什么,没有逻辑关系,但谁又能说得准呢?她讲述时神色平淡,可眼睛里的光泽是掩饰不住的。母亲还有艺术天分,如画画、剪窗花。春节临近,我家就热闹起来。如果有一位画师带着她……当然假设依然没什么意义,她只是一位农妇,一生都属于村庄。外祖父从内蒙古某地来了一趟,母亲的婚事就定了。母亲拗违过,后来我知道有一个吃半官饭的人喜欢她,但外祖父说已经答应了,她就顺从了,叛逆于她如天上的浮云。

在彼时的乡村,母亲各方面的条件都是夺目的。相比之下,父亲则黯淡许多。单就他的出身,注定矮人一等,吃尽苦头。祖父靠辛苦积攒的钱买了几亩薄地,这是祖父一生的梦想,谁想转瞬成为噩梦,他的子女也一个个打上另类标签。祖父排行老二,他的几个弟弟与他一样,均被划为地主,这样的家族自是没什么地位。外祖父去世,父亲竟然请不出假。那个清早,队长还没起床,他的话穿过玻璃和棉布窗帘,砸向立在窗外的父亲。队长说人已经死了,你还去干什么?你不去,照样埋。父亲那一刻的脸色一定是青的,但他不敢有丝毫不满的表示,没有队长的许可,他就去不成。父亲不停地央求,队长依然躺在被窝里,不为所动,后来队长的妻子说了句话,父亲才被准假。队长的妻子和我家沾着亲,不过不是一个成分。一个假都请不出来的丈夫,母亲怎么会开心?当然不止这些,生活中的许多通行证,父亲都是没有的。他没有,意味着母亲也没有,两人是拴在一起的。《李顺大造屋》中,李顺大先后数年才把屋造起,父亲似乎比他幸运一些,盖了两间土坯屋,但一直没院墙。土坯也有,可每次垒到一半,都因这样那样的原因拆掉了,其中一次是村里某有权者认为院子不顺眼,他每天要经过那条街,不顺眼的墙会影响他的心情。他勒令拆，父亲不敢不拆。那位有权者卧病后，我家的重大工程才得以进行。人如草芥，我能想象到父亲的压力。我小学和初中，每次填表格，在家庭成分栏里写地主两字时，都要用手捂住，虽然那不是秘密，更不是手能捂住的，但总是不由自主。交给老师时，我还会折一下。

贫困是自然的，也算与那个时代合拍。某年分红，我家欠了队里钱。这是劳作一年的成果，欠了自然要还，清欠小组很快就登门了。没有积蓄，没有骡马牛羊。一头半大的猪被赶走，三只下蛋的鸡被捉去，仅有的两节红柜也被抬走，还有扫帚和簸箕。那时，母亲在干什么呢？在炕上哭。她心痛却不能阻拦，这是法令。看到扫帚簸箕也不能幸免，母亲央求手下留情，组长只说了一句话，这可不是拿到我家里的。两间屋子只剩下一口黑色的缸，和缸里腌了不久的咸菜。父亲又在做什么呢？他什么都做不了。母亲还可以哭，他哭都不能。他唯一能做的就是赔笑脸。每件物品值多少钱，由人家定，若作价低，意味着要抬走更多的东西。清欠组终于离开，父亲独自站在院子里。房子还在，妻子还在，种了不久的榆树还在，还有他自己，但他的心是空的。某一刻他有一丝侥幸，没把缸抬走，但母亲的哭声很快就把那一丁点儿侥幸击得粉碎。父亲也算能说会道，可凭嘴皮是过不了日子的，就算他能说出花来，也不能让母亲信服。

在父母的争吵中，有一个出现频率很高的词：缝纫机。说起来，这是父亲的承诺，或者说祖父的承诺。外祖父和祖父怎么交谈的，不得而知，他忽视了祖父的阶级成分，或许与祖父的承诺有关。母亲嫁过来时，缝纫机仍无着落，但父亲答应以后会补上，母亲当然相信了。并不是承诺就可以兑现，时间是最不靠谱的，直到祖父去世也没有。父亲下边还有两个弟弟四个妹妹。没成家的永远比成家的有优先权，这是乡村的另一规则。父亲没有欺骗母亲的意思，但因为无法兑现让父亲有了欺骗嫌疑。平时还好，一吵架母亲就会提及，当然，缝纫机也是吵架的缘由。

父母争吵，我就如在夹缝中，两头受气。特别是母亲离家出走时，我反应慢一点儿，就会招致父亲的暴喝。我天生迟钝，现在也如此，许多事过后方回味出意思。当父母说话声音大起来，我就心慌，呼吸变得急促。不过，很多时候，我也是父母的黏合剂。小学四年级，我的一篇作文受到老师的称赞，我带回家朗读时，父亲和母亲均漾出满脸的笑。

## 3

其实,父亲也很优秀。

父亲读了一年初中,在县城,因为出身的原因,中途退学。我以写字为生,至今也没有父亲的字写得有章法。这让我自豪,也令我羞惭。全村第一辆自行车是父亲用向日葵扎的,那时很多人都不知道自行车是什么样的,父亲家的院子成了展馆场地。三姑给我讲彼时的情景时,满脸光芒。

乡村的能工巧匠很多,比如一个仅会写自己名字的人却精通无线电,收音机收录机,哑了串台了,他捣鼓一会儿就好了。某劁匠劁猪眼疾手快,猪还没来得及哼,活就干完了。

父亲是个木匠。村里有木匠,父亲欲拜师,被婉拒。一行一碗饭,多一个竞争对手意味着饭碗不保。因为动手能力尚可,父亲被分派给老木匠当助手,给队里做犁杖什么的。做到关键处,老师傅就会转身。等师傅回家吃饭,父亲悄悄地卸开,揣摩铧是怎么凿的,水胶调和到什么程度,一点点把手艺偷到手。待我十几岁,父亲已经是个很好的木匠，不只在本村干，还常被邻村请去。从农具到家里用的桌子、凳子、风箱、柜子等等。父亲还学会了打组合家具。像别的能工巧匠一样，父亲渐渐赢得村民的尊重。

除了当木匠，父亲还常被亲戚叫去调解家庭或别的矛盾。父亲并不认为自己有多么会说，只是能说到点子上。说到点子上，别人才听。调解完，难免要喝点酒，回家没迟没早的，很多时候我不知父亲什么时候回来的。母亲没有因为这个和父亲闹别扭，父亲在为自己赢得尊敬的同时，也为母亲赢得了颜面。

父亲一步步兑现着男人的承诺。

在被抬走柜两年后，父亲在堂屋造了三节柜，只有柜盖是木头的，其余皆是砖和水泥。在上过红漆之后，难以分辨是木头还是水泥。一妇女到我家串门，惊讶我家哪来这么多钱，一下就打了三节柜。得知是水泥造，眼睛瞪得更大了，摸过之后才相信。水泥没那么高的造价，我想在父亲心里，或有较劲的意思，可以把柜盖拽走，柜身无论如何是抬不走的。现在那三节红柜仍在老家的堂屋。老房要拆了，那三节水泥柜将一同消失在西风中。

有了经济能力之后，父亲开始做真正的木头柜。没有那么多房，如果有，我猜父亲一定会做更多，摆满每个房间。

他没有着魔,耳边仍挂着母亲的哭声吧。除了负疚,也有炫耀的意思。我结婚时,从家里拉了两节红柜,这两节柜随我从一个地方到另一个地方,直到我离开坝上。

缝纫机终于买回来了,千呼万唤。母亲做了一个罩,只有干活时才让它露出真容。许多个白日和夜晚,母亲坐在缝纫机前,哪怕是发呆。我考入师范后,做起了作家梦。寒暑假,缝纫机就成了我的写字台。母亲似乎不怎么用了,现在想来,是母亲让给我了。弟弟结婚后,缝纫机给了弟弟。母亲自是不舍,但还是忍痛了。如果儿子不受委屈,她什么都可以做。其实,缝纫机在弟弟家不过是摆设。父母外出谋生后,弟弟全家也离开村庄,他们的第二个孩子是在城里出生的。那台缝纫机锁进西房,在灰尘里一日日生锈衰老。现在,缝纫机又回到母亲身边。母亲手脚不便,眼睛昏花,缝纫机彻底成了摆设。母亲只能凝视,她曾经的梦想,以及泥泞的岁月。

从受人歧视的地主子弟到被人敬重的木匠,在茫茫世界,父亲绝不是受屈辱最多的那一个,他的努力也没有多么了不起,既不惊天又不动地,但对一个家庭却是转运的开始。日子说不上红火,可有能力让一家五口饱着肚子睡觉了。再夸张一点,用土话说,嘴巴终于挂油了。母亲不再觉得嫁给父亲委屈，这自然是父亲努力的结果。当然，子女也是重要的砝码。

日子好了，父母仍然吵架。虽然母亲没再像年轻时那样逃往树林或场院，虽然吵架的频率低了许多，但一年总要上演好几次，好像唯有这样才能证明彼此的存在。闹别扭的时间也缩短了许多，今日争吵，明天就和好了，或者上午争吵下午便结伴赶交流会去了。他们不知道，两人每次争吵，我的心上都有一把刀子在切割。我以为只有作为长子的我一次次被阴云笼罩，母亲住院期间，和妹妹聊起，方知她见证的不比我少。

为什么要吵呢？我费大劲地想过，但就像面对一道无解的题，束手无策，只有叹息。他们没有恶意地互相中伤，不过总认为自己是正确的。

有了缝纫机不久，父亲买了一辆自行车。他要到邻村干活，远的二三十里，要驮工具箱，自行车是必需的。那是他的专有，我已经到黄盖淖镇读中学，来回像多数同学一样只能步行。五叔出门要借自行车，父亲二话没说。可能五叔驮的东西重了，也可能是没捆绑好，虽然车梁用彩带缠过，一个地方还是磨出了皮。母亲很不痛快，责备父亲。不是因为父亲借车给五叔，而是认为父亲没有嘱咐五叔。其实父亲也心疼，母亲一番唠叨后，他为了弥补没嘱咐的过失，训了五叔。训完就后悔了，毕竟是亲弟弟，回来便怪罪母亲。母亲责备父亲，但并未撺掇父亲去找五叔，已经磨了，找有何用？父亲的怪罪让母亲难以接受，争吵再次爆发。

二十世纪八十年代自行车很金贵，至少在我们村如此。一村民买了辆自行车，没舍得骑，从镇供销社扛回家，径直吊在房梁上。于他，那更像宝物。据说还有人试图借用，他回复，骑我可以，骑自行车绝不可能。我不知道那辆自行车后来怎样了，是否一直吊着。我考上张北师范时，邻村托人说媒，提出如果我同意这门婚事，就给我买一辆永久牌自行车。自行车差不多等同现在的宝马了。父亲借给五叔没什么错，五叔磨了大梁也非故意，而母亲心疼合乎情理。如果从这个逻辑推导，谁也没错，可结果是父母大吵一架。究竟哪里出了问题？

# 4

父亲和母亲在北京生活了二十年，换过几个地方，但始终在西五环外。如果用人单位还愿意用，两人是不会离开的。虽然清楚北京不是家，早晚也要回乡，但能挨一日也是好的。除了挣钱，还有对北京的不舍。在接到通知的一个月里，每逢星期天，父亲都要转转北京的景点，天安门、八大处、香山等。他早就办了老年公交卡，基本没怎么用过。母亲没有随父亲转，她晕车，坐车于她是折磨。

离开村庄也是迫于生计。父亲做木匠，母亲侍弄那二十几亩地，原以为富得流油的日子滚滚而来，嘴巴都挂上油了，好生活还远吗？确实不远，却始终是镜花水月。父母种过木耳，赔了；养过羊，赔了；连逢两年旱灾，基本颗粒无收。偏偏在困难时期，父亲病倒了。不是什么大病，常年弓腰干活，他的腰不怎么好，逢阴天雨雪，越发疼得厉害。去镇卫生院打封闭针，针管没消尽毒，一种不知名的病毒潜入他的腰肌，青霉素、白霉素，所有可以消炎的都用过了，伤口就是不能愈合。在镇医院住了两个月后，转到县医院，之后又转回镇医院。我第一次见父亲哭就是在镇医院的病室，伯父从张北来看他。我说不出的惊愕。医生数次划开后背，他牙都咬裂了，也没吭一声，我以为他快赶上关羽了，没想到一见伯父，父亲突然变了一个人。那时我才意识到，父亲也是脆弱的，只是不愿示人而已。

那个阶段，父母没有争吵过。母亲奔波在村庄与乡镇，乡镇与县城之间。秋天到了,但收成与父亲的病相比已然是次要的。地里的活多半丢给弟弟。除了找医生,她还跟踪卫生局局长。跟踪,似乎不大贴切,但我想不到更合适的词。也正是这样,她才找见卫生局局长的家。后来母亲讲述这一切,我仍难以相信。她真是好大的胆子。

父亲出院了,家庭却一夜返贫。弟弟结婚,家里的外债又多了些,彻底成了困难户,父亲是期待我出一把力的,毕竟把我供了出来,可我虽吃上皇粮,却自身难顾。我于一九八七年参加工作,在乡中学当老师,第一年还好,次年工资就不能按时发放。急需用钱,只得到会计那里支借。几个月发一次工资,扣去借款,扣除饭费,扣除从小卖部赊欠的酒、罐头、方便面——似乎有些奢侈,可来了朋友总要硬着头皮招待,基本上就没有了。到河北师院学习,我没借到足够的钱,揣了几十块钱就上路了。我自带行李,这样就不用向师院交每晚两元的住宿费用。我买了一包咸菜,一日三餐都是咸菜馒头,怕同学撞见,我每次都躲到角落里。可就是这样一分一角地计算,钱还是花光了。这意味着,我没钱买从石家庄到张家口的火车票。那是一九九〇年,《故乡的云》很火,每次经过师院的小卖部,听"天边飘过故乡的云,它不停地向我召唤",我就想,它能载我回去就好了。其实，不只我，同事们都是穷光蛋。一同事结婚，每人十五块的份子钱都是欠的，礼单随后交给会计，待发工资扣除。什么时候发什么时候扣。我结婚，仍是这个规矩，没觉不好意思。最惨的时候，我去黄盖淖镇寄信，摸遍全身，竟凑不够两角钱，还是室友帮着凑的。

我这么说有辩解的意思，但事实如此，我无能为力。是继续留在村庄，还是外出打工？父亲权衡时，那个记着债务的小本子就在面前放着。最终他选择了外出，次年母亲也离开村庄。

那些年关于农民工的报道很多，睡光板床，吃变质馒头，遇到黑心老板拿不到工资，为讨要血汗钱，跳楼或铤而走险。因讨薪殒命，时有发生，后来国家还出台了一系列政策。

老实说，父亲和母亲是幸运的，挣的虽然不多，但从无拖欠。一个重要的原因，两人都在正式的部门服务。母亲打扫卫生，父亲干的就多了。除了木工，还干过电工、瓦工、修理工、锅炉工、焊工，有时多工种兼职。除了单位分派的，还义务为干部职工补自行车胎，哪家下水道堵了，哪家锁坏了，要换几扇窗纱，只要有人喊，父亲就跟着去了。

有些工种父亲初次接触,比如电工,比如锅炉工,待我知道提醒他注意安全时,他已经得心应手了。

如果在田野小路自由奔走是父亲人生第一个黄金期的话,那么到了北京,父亲迎来他第二个春天。一个临时工,却得到单位认可,从领导至门卫都特别尊重他。父亲会成为一个了不起的工程师,假如他在某个领域钻研下去的话。在那个单位,在那样的年龄,他并无宏远志向,他努力,只为成为一个有用的被需要的人。

用一个生猛的夸张一点儿的表述吧,父亲和母亲的生活有了翻天覆地的变化。没变的是,两人仍然不断地吵。不大吵,但小吵不断,或许叫拌嘴更合适。母亲的数落和抱怨有心疼的意思,但父亲不领情。每次到京,我坐下不久,母亲就向我告状。在她的意识里,是想让我裁决的。

母亲说父亲揽事多,该干的也干,不该干的也干,而且别人的事总比自己的重要。一次父亲忙完已经两点了,母亲第三次为他热午饭,刚热好,某职工喊胡师傅,说车胎破了。母亲欲拦父亲,让他务必吃了再干,可父亲不听。彼时父亲比母亲理直气壮许多,特别是这样的事。因为吃饭常常没迟没早,父亲落下了胃病,现在父亲吃药,母亲就会提起他拧,怪他不听她的。都是挣工资的,连两块钱的补胎费都要省，母亲不能说服父亲，便抱怨那些人。父亲不但不与母亲站在一起，还替那些人辩解。在北京寻找修自行车的摊儿没那么容易，从单位到最近的西黄村有好几公里。那么远还得推过去。母亲不示弱，推过去怎么了？没有你，他就得推。父亲口才比母亲好，母亲当然说不过他。但被母亲唠叨烦了，父亲就没了讲理的耐性，口气就不怎么好，干活的是我，不用你管！母亲噎住。但女人是可以不讲理的，争吵便升级了。如果我或弟弟妹妹在场，自然要劝说或仲裁。只是两人，硝烟自然要弥漫一阵。

单位的锅炉坏了，从外边请了一名工程师，修理费让父亲吃惊。也就两小时，快抵父亲半个月工资了。在北京挣钱真是没谱，父亲事后对我说。工程师修理时，父亲打下手。工程师不会把一个锅炉工放在眼里，他根本不知道父亲是偷艺高手。只一次父亲便学会了。锅炉再次坏时，父亲告诉后勤主管，买来件，他就能修好。主管知道父亲有一手，可修锅炉总归是大事，犹豫之后，让父亲试试。父亲很快就修好了，主管让会计给父亲支付了一百元修理费。这是额外收入，父亲乐颠颠地向母亲邀功，母亲也很高兴，但她认为单位太小气了，外边请工程师花那么多，一百块钱就把父亲打发了。父亲说我又不是工程师，母亲说你修好了，就是工程师。各有各的逻辑，结果又吵起来。

单位的花池被撞烂了，需要修补，这自然是父亲的活。附近五金店有卖水泥的，可父亲骑着三轮车跑了很远的路，那个地方水泥便宜一些。可再便宜，三袋水泥也就省二十块钱。那样的单位，怎么可能在乎二十块钱？问题还在于，省了钱，单位未必清楚。那是个星期天，父亲本来说好带母亲去同在北京打工的亲戚家串门，父亲来回费了好多时间，串门自是泡汤了。母亲不痛快，认为父亲太傻。父亲却说单位不错，待他也不错，他就得像爱自己的家一样爱这个单位。只有这样才能在单位长久地干下去，相反母亲的见识则是短的。单凭这张老脸，人家会把你留在单位？父亲大声质问，母亲本不打算和父亲争执了，父亲的话是有道理的，可父亲被胜利冲昏头脑，说母亲见识太短，结果把母亲惹恼。即使在北京，她也可以不讲理的。不过，父亲也有自己的法宝：干活。那么多活等着，他才不陪母亲费时间呢。

那年北京遭遇了六十年来最强暴雨，父亲工作的单位在射击场一带，地势较低，虽然大门垒了许多沙袋，院子还是被洪水淹了，积水深达一米左右。眼见水越积越深，并浸漫了多个房间，几十号人束手无策。论学历论职位，父亲在千里之外，可最后是父亲想出了办法，将院东南角的墙壁凿了一个洞。父亲自是受到赞许，用母亲的话说，他都不知道自己姓什么了。他似乎要证明自己更有用，一趟趟地从库房捞东西，然后背上二楼。家里的被褥多半泡了水，如果先顾自家，家里的灾情不会那么重。彼时的父亲战士一般，母亲的心疼和责备根本听不进去。就是那一次，父亲的双膝落下毛病，每逢他贴膏药，母亲都会骂，该！谁让你不听话呢。

父亲和母亲在家庭的地位不知不觉间发生了逆转，之前母亲毫无疑问是一把手，后来则由父亲主导。母亲虽然可以争吵，但用撒切尔夫人的话说，已没什么影响力了。母亲是不甘沉默的，大大小小的事上仍试图校正父亲。其实，母亲也常犯错，但即便是错误，她也能从中寻找到责备父亲的借口。

某日，母亲下班回来，过了南辛庄不久，她前面的骑车人掉了一个黑皮包。她喊了一声，前面的骑车人却没应。这时，旁边跑过一个人，冲母亲摆摆手。那个人捡起皮包，左右扫了一圈，对母亲说，这包只有咱俩看见，算咱们合捡的吧。随即让母亲和他到僻静处分钱。我多次给母亲上课,她已有防范意识,没上当。她说我不要,接着赶路。走了不到百米,骑车的男人返回来,将母亲拦住。男子问母亲是否捡到一个包,母亲说我没捡,后边有个人捡了。母亲有些紧张,生怕男人不相信她。男子果然不相信,说我没见别人经过,肯定是你捡了。男子的笃定让母亲着慌,再三说是后边的人捡了。男人突然抓住母亲的手,奋力摇晃,边摇边说那是他救命的钱,让母亲还给他。母亲头晕目眩,但还没彻底乱了方寸,她说我有心脏病,你再摇我就犯病了。她的警告奏效,男子终于放手,仍死死盯着母亲,真没捡?母亲发誓没捡。母亲甩脱男人,甚是庆幸,进屋就告诉父亲,遇上了骗子,但没骗了她。然后脸突然就白了。手上的金戒指不见了!那是两个月前妹妹买给她的。两人即刻原路折返,哪还有骗子的影?父亲训斥母亲,以为你是干什么的,还戴金戒指?母亲不吭声,转天就责备父亲,怎么一句安慰的话也没有?母亲还向我和妹妹告状,这一次我和妹妹坚定地站在母亲一边。遍地中国式骗子,大学生都屡屡上当,何况只有初小文化的母亲?

我和妹妹的立场助长了母亲的脾气,此事件竟也成为她敲打父亲的武器。

## 5

曾经看过一档节目,记者采访一对八十多岁的老夫妻。那天是两人结婚六十五周年纪念日。记者问甜蜜的六十五年是怎么走过的,秘诀是什么。老太太说,这六十五年,我有无数次想拿刀子捅死他,但都克制住了。老太太的回答或许令人瞠目,但肯定是实话。克制,即是老夫妻的婚姻秘诀。

童年时,我就有一个愿望,父母不再争吵,只要不吵,我什么都可以做。但直到现在,这个愿望也未能彻底实现,只能说是柔和了许多,不那么激烈了。

父亲要回村庄住,异常坚决。那个让他失去自尊屡屡陷于贫困的村庄,随着年龄的增长,越来越令他眷恋。他没说"根"这个词,但内心里自然是把那里当根的。我和妹妹不同意,全村三分之二的人都离开了,以往过年还回,现在过年都在城里,夜晚的村街更是连个人都见不到,生活诸多不便。父亲拗得很,院子塌了可以垒,井掩埋了可以打,鸡鸭猪狗的说养就能养。父亲办得到,我信。但闹个毛病怎么办?去哪里就医?我和妹妹在县城买了套楼房,劝父亲冬天住在县城，夏天回去住。折中方案得到父亲认可，又有母亲支持。一旦说服母亲，父亲的工作等于做通一半。我清楚虽是缓兵之计，却可以久远，折腾一场没那么容易的。

父亲闲不住，又找了份差事，因母亲身体不好，辞了，成为母亲的专职保姆。七十岁，父亲学蒸馒头，推荞面窝窝，包饺子，都干得有模有样。做完家务，他手里便多一把待修的锁子，一个断电的插座，或其他的什么。这么说吧，他没有任何空闲，或者说，他所有的空闲都用来修理了。他买了一辆三轮，脚踏敞篷那种，然后他自己买了电机安上，接着是车厢，照明灯，跟手工造没多少区别。如果说改造三轮尚可理解，一些琐碎的修理则让人想不通。看他戴着老花镜在灯光下拧螺丝，我说你需要几个插座，我明天给你买，何必费这么大劲。父亲说不需要。我说不需要修这个干什么？质量又不好。父亲说现在不需要，不能说以后不需要，修修说不定还能用得到。我哑然。他手不停歇，或是其中有乐吧，但母亲不这么认为，说父亲不懂享福。而且，因为父亲随时要修理，窗台、阳台，还有靠墙的地面永远摆着工具，大小锤子，各种型号的改锥，扳手……基本就是个修理铺。为此母亲经常唠叨，特别是她摔了一跤后,那些工具让她如临大敌。在母亲的强烈抗议下,父亲只得缩小自己的地盘……也仅仅是缩小而已,他不会丢弃任何一样工具,哪怕是一个没用的螺丝钉。

母亲患了病,重新获得话语权,至少是相当一部分。我和妹妹做了父亲很多工作,劝他凡事让着母亲,她毕竟身体不好,该让着她。父亲就这样被和平演变了。母亲没费什么劲,没有发动政变什么的。

母亲重新执政,没有蛮横到不讲理的地步,她清楚父亲是让着她,而且我和妹妹也在做母亲的工作,她不轻易怪罪父亲了,但许多事情她要发表意见。思路是不可能相同的,即便一起生活了五十多年。有分歧,对顶就难以避免。比如父亲不顾年迈,到六楼顶上修理太阳能,那可是斜坡。母亲认为他逞能,她诘问,滑下来怎么办?父亲当然不认为自己会有什么闪失,他干了一辈子活了,反说母亲不讲吉利话。父亲自己修理是为了省钱,母亲数落是为了他的安危,都没错。正因为觉得自己没错,两人各不相让。父亲不听劝阻,母亲便向我告状。我是法官,妹妹是副法官。我批评了父亲,听说他爬到楼顶,我惊得腿都软了。母亲得意极了,连告数状。我不是什么都可裁决,许多时候也只能当和事佬,大化小小化了。

有些时候，父亲执拗得很，根本劝不动。父亲和母亲离开村庄时，国家还收农业税。遇上灾年，收成不抵税。乡干部上门催要，拉羊赶猪的事不是没发生过。历史总是有很多相似。当然这事没在我家上演，像那时大多数外出打工的农民一样，父亲和母亲弃耕了。不种自然不用缴什么税款。村干部说什么时候回来什么时候种，那是他一句话的事。父亲当然相信。第二轮土地承包时，没人通知父亲，就这样错过了。当然，这与他的另一想法不无关系，什么时候回去都可以种，就像他的房屋一样，什么时候回去都是他的。待他意识到土地的重要，回去索要，却发现事情远非想的那么简单。村里以这样那样的借口推托。"什么时候回来什么时候种"，村干部说这话的时候绝不是诓骗父亲，弃耕的土地太多了。国家取消农业税，土地一下变得金贵，实行退耕还林政策后，土地还有补助。这时的土地俨然与金矿无异，怎可轻易获取？

如果父亲有什么未能证明自己的，就是索要土地。在这件事上，父亲对我是不满的，说起来我在省城上班，却帮不上任何忙，不但不帮，还劝他算了。老实说，我很惭愧，可我一个写字的人，哪有这样的能力？

在索要土地的事上，父亲像个斗士，只是手里没有宝剑。

只要在家，他就不会错过新闻联播和县里的新闻，期待关于土地有什么新的政策。父亲认为土地应该重新分，因为许多土地在去世的人名下，而新出生的却没有土地，不合理也不合情，还有大批像他这样失地的人。他还去农工部询问，去一趟，人家给他解释一次。

我担心父亲上访，劝说，甚至警告。没有什么比身体更要紧，我说有我在，就不会让你饿肚子的，其他就免了吧。父亲不说话，我知道他的沉默意味着什么。果然，他还是上访了，与村里失地的农民一起。事后父亲告诉我，接待他们的副县长还教过我。父亲想必等待我说点什么的。不错，我知道父亲说的是谁，可我能说什么呢？想了想，我说如果是你一个人，我或许能想想办法，可失地人太多了，如果给你解决了，别人怎么办？父亲立刻反驳，林园就重分了，咱村为什么不能？林园与我们村相距两公里。父亲不但打听清楚别村的土地情况，还了解到内蒙古的政策。我解决不了，也解释不了，只能说些你又没生在林园、没生在内蒙古之类近乎无赖的话混乱他的逻辑。

我以为之后父亲就此熄灭了念想，但……某天，我在沙发上看到父亲向上级反映的信，工工整整，有理有据。老天，这是要干什么？我有些生气，转念一想，随父亲折腾好了,他没说反动的话,只是据实反映情况。信寄出,肯定石沉大海,我心里想。我假装没看到,悄悄放下。没想到父亲的信被国家信访局受理了,然后转到省里,再到县里,最后到了镇政府。某个早上,父亲接到副镇长的电话。副镇长亲自打电话,说的还是土地的事,父亲欣喜若狂。他问我认不认识,我说不认识,当然我想认识也是可以的,可认识了又能怎样呢?不管怎么说,父亲的信没白写,等待副镇长上门的日子里,父亲每天都要刮刮胡子。平时忙起来,他不在意自己的形象,常常三五天刮一次,对父亲而言,那比节日更重要。后来,副镇长上门了,父亲详细讲了自己的情况,副镇长不会只给父亲和母亲解决土地,要解决的人太多了。绕了一圈,又回到原点。虽然这样,父亲并不气馁,仍以这样那样的方式反映。

也许母亲可以阻止他,我想,虽然父亲的反映是正当的,可总归对身体没什么好处,一次次的失望难免造成打击。我居心不良,寄望母亲和父亲吵吵。可在这件事上,母亲坚定站在父亲一边,我的阴谋受挫了。我说不清那一刻心里是什么滋味,开心与伤感混杂在一起。既然不能阻止,那就随他去吧。

爱情是个什么东西?我说不清楚,虽然我是写作的。

但我相信爱情的存在，只是对不同的人，爱情的含义不同，长度也不一样，可能数月就凋零了，也可能数年数十年，当然也可能是永恒的。父亲和母亲有没有爱情呢？我想过，但没有答案。父亲躺在病床上，母亲一趟趟奔波算不算？母亲摔伤之后，父亲小心翼翼地喂饭算不算？如果可以算，那么五十年伴随两人的争吵又算怎么回事？而且，还会吵下去。吵，已成为某种生活方式。他们永远不会提及更不会探讨相关话题，那过于虚无缥缈了。在两人的婚姻中有比爱情更重要的东西，尊严、责任、忠诚、彼此的牵挂等等。也正是这些，让两人如齿轮般紧紧咬合在一起。

## 光在遥远处波动

### 1

多年前的那个下午,我和弟弟站在不足半人高的黄土墙上,努力地伸着脖子,遥望远方。那是连接祖母家与我家院子的一段墙,风剥雨蚀,容颜老旧,但仍结实如初。除了鸟雀,鸡也常常飞跳上下,迈着骄傲的步子,放肆地拉出稀湿的粪便,好像向喜鹊麻雀们宣示,这是它们的领地。鹞鹰会在村庄上空盘旋,虽然俯冲而下叼猎而去的事一年只发生一两起,但足以令鸡群心惊胆战。鸡的视力似乎不弱于鹰,能看见还是一个黑点的鹞鹰,也许是第六感觉。它们咯咯叫着互相报警,但逃离的速度实在赶不上利箭。一只鸡被叼离,更多的鸡安然无恙,但魂飞魄散,它们更喜欢窝在院子的角落。那时节墙头空空荡荡，只有风走来走去。

我尚未读小学，弟弟小我三岁。我没打算让他站到墙头上，我看就足够了。他非要上，我说那你搬块石头来吧。目之所及，没有他搬得动的石头。我故意难他，没料他后退几步，加速奔跑，一跳一扒，噌地蹿上来，我扶他，他扯我，摇晃了一下，一高一矮同时站稳。

曾读过一篇题为《墙》的微小说，病室中靠窗的老人每天给靠墙的那位讲述窗外的景致，街道、公园、行人……靠墙的那位心生奢望，待他终于有机会把自己的病床挪至窗边，看到的只是半截光秃秃的矮墙。

我和弟弟看到的同样乏味。如血的夕阳涂抹着烟囱、房顶、屋檐、归巢的燕子，甚至炊烟也被染了，变幻着奇异的色彩。早春，小草发芽，杨柳泛绿，大地一派生机。但我和弟弟对这些没有丝毫兴趣，那图景没有唤起我们点滴遐想。我和弟弟在等母亲归来，只要她的身影闪现，站在墙头的我们可立即看见。无关思恋，只因我们饿了。早就饿了，此时双腿发软，彼此能听见肚子里的声响，像冒着大大小小的气泡，咕咕噜噜。只有母亲能喂饱我们，灭掉此起彼伏的泡泡。

我早就尝够了等待的滋味,渴盼、煎熬、欢喜,并非始于那个下午。饿了,首先想到的是母亲。有时在街角等,有时在村口盼。还不敢上房,几年后我才生出那样的胆子。

母亲回来时太阳已沉落。她在生产队干活,收工才可以往家走。天边是否彩霞飞渡?我记不得了,无心观望,我和弟弟像两个瘦猴咬在母亲身后。母亲疲惫不堪,步子很急,却走不快。她双腿或比我和弟弟的更软,但未进屋就挽起了袖子。我和弟弟从不撒谎的胃这会儿也越发放肆。我们不羞,只有怨,气泡咬肠,恨不得把那声音挂在母亲耳边,好像她前世欠了我们。

母亲为我们做的是莜面鱼,蘸咸菜叶汤。先给弟弟盛汤,后给我。母亲没拿稳勺,她或是没了力气,也可能是作为助手的我碰了她的胳膊,洒了些,母亲自责而疼惜地呀了一声。

弟弟顾不及这些,他已吃上了。第一口烫了嘴,吸溜出很响的声音,莜面鱼也掉到碗里,他再度夹起,吹了吹,迫不及待地嚼起来。在旁人看来,或显没出息,但我不这么认为,于彼时的我而言,那声音动听美妙,馋舌勾涎,胜过世间所有的音乐。即便今日,我亦觉得那是至纯至真之音。

我心里像弟弟一样急,甚至比他更急,或是性格或是年龄,抑或是别的说不清楚的原因,我在动作上没那么急切。我似乎忘记了对母亲狂轰滥炸的气泡一半是从我胃里腾空而起的,我学着母亲的样子,坐稳了才去挑莜面鱼。吃饱,也把筷子平顺地放在碗口上,而不是随便一丢。

《八月之光》中的莉娜坐马车去镇上时,总是光脚踏着马车底板,而用纸张包好的鞋子放在座位旁,等马车快进镇时才穿上。她长成大姑娘后,总要叫父亲把马车停在镇口,她步行进镇。她没告诉父亲真实的缘由。她认为这样一来,看见她的人,她走路遇到的人,都会相信她也是个住在城镇里的人。

在读福克纳这部埋伏着多条线索的小说时,我突然想起了多年前吃莜面鱼的情景。莉娜像极了彼时的我,或者说,我像极了莉娜。只不过,莉娜的舞台更广阔些。当然,她比我更纯真,因而可爱。由此说,我和她其实是没法比的,是我想多了。

## 2

我的三姑、四姑、老叔、老姑结婚时都赶上了国家的生育政策，各生两孩。伯父和大姑结婚早，伯父四子一女，大姑五女一子。婆媳、母女同时生育在乡村很常见。父亲、五叔、二姑年龄居中，均是三个孩子。多子女家庭，大的照看带管小的，是责任也是义务。

少年时代看过一部电影①，名字记不得了，但故事雕刻在记忆深处，其中一个细节尤为深刻。父母早亡，姐姐抚养弟弟，某日经过水果摊，弟弟拿了一个苹果。回家后姐姐才发现，她很生气，举手要打，弟弟的哭声让她的手停在半空。一只苹果而已，可弟弟由此开始偷摸，长大后恶习难改，锒铛入狱。电影的主题很明确，老少都懂。

我上小学前，弟弟多半由我带。电影里的姐姐负有重任，且带且教，我只是带看。除了安全，其余无须操心。

村里有几口人畜共用的水井，村边还有一口浇灌用的百十多平方米的大井。淹死人的事发生不止一起。拉车的马不是匹匹好脾性，受了惊，横冲直撞，无法无天。生娃的母猪比狗还凶，某人被咬得皮开肉绽。孵蛋的母鸡也不好惹，专啄脸鼻。

母亲的嘱咐极其详尽，不能到井边，不能在路中央玩

---

① 电影《苦果》(1981)，主演肖雄、方超。

等等。她说一条我记一条。我自认是靠谱的,尽职尽责。用如今的话说,我甚至层层加码。院子里有一棵杨树,弟弟要爬,我阻止他,母亲没说不准爬树,但我怕弟弟爬到半截掉下来。弟弟不听,仍要爬,我扯住他的领子拽他,他不松手,我又掰他的手,他气鼓鼓地瞪着我,泪在眶边打转。终究没我力气大,被我拽离。

可意外隐在日常处,猝不及防。

也是春日,阳光明媚,我和弟弟原本在院子里"打宝"。乡村的玩耍方式甚多,摔跤、射弹弓、砸阎王、骑骆驼等,凭脑更要凭力,狼吃羊、八眼枪则纯粹是智力和心理的较量,因而成人也常常对弈。街头巷尾,田间地垄,捡石为子,随便一画,阵势就摆开了,且常有围观者。纳子、打宝靠的是熟能生巧。与我年龄相仿、腿有残疾的某孩娃是纳子中的东邪西毒、南帝北丐,没有一个人能赢他。他不用干任何活计,常常一个人坐在家门口。某一时期身边玩伴挺多,但自从他成为高手,谁都不和他过招了,他如以前一样孤独地守在门口。与世界的竞技相比,这些玩法似乎低级了些,难登大雅,但同样有着绽放之绝美,令人痴迷。它们还是乡村特有的器物,盛放着单调、寂寞及成长的痕迹。

所谓的宝就是用厚一点的书纸横竖叠加，折成方形，重量和样式均与元宝相去甚远，宝这个称谓实在荒谬。但不知从什么年代开始，约定俗成都这么叫。后来我想明白了，在纸张奇缺的村庄，它是有资格称为宝的。打宝即用手里的宝摔打地上的宝，使后者翻转。正面打胜算渺茫，须从侧面，借助宝翅翼扇出的风力。

我是弟弟的师傅，但他学得快，在玩上他的悟性远超于我，那日打宝我是处于劣势的。眼盯着宝，耳朵也不闲着。并非有意想听什么，完全是下意识地捕捉。鸟飞过头顶，我能判断出是布谷还是燕子。车轮从院外的街道驶过，我能从驾车人的吆喝听出是牛车还是马车。至于鸡狗猪羊，那更是完全不同的乐手。

就在这习以为常、耳熟能详的声响中，我听到了另一种异响。呜呜咽咽，似乎还有嬉闹。弟弟自然也听到了，他的手在半空举着。声音来自西北方向，弟弟和我对视一眼，没等我点头，他已往院门跑去。我没有喝止他，只是叫他慢点。弟弟停了停，我追上他，结伴往越来越大的声响处跑。

是不是太啰唆太饶舌了？或许是，大约写小说落下了后遗症。但坦白地讲，我绝无渲染什么的心思，只想踩住时间的尾巴，让它走得慢些，再慢些。

我家房屋西北有片两个院落大小的水塘，在水塘边的街上，一黄一黑两狗尾尾相交，几米外围立着三个比我略高、手持短棍的孩子。我是见过这情形的，后来在文学作品中亦读过，弟弟是第一次目睹，他半张着嘴，双眼瞪得溜圆。那场面是骇人的，两只狗不能及时分开，又不能像平时那样狂吠，几近呜咽，似有哀求，但更多的是愤怒，不能扑咬，只能用狗眼恐吓着打扰它们的敌人。我瞧出三个孩子的企图，他们想把两条热恋中的狗赶进水塘。两条狗已退至塘边，再有一点点就掉进去了。没有退路的它们吠叫声高了些，锋牙毕露。

我紧张极了，若两狗突然分开，定会报复。弟弟比我胆大，往前迈了两步，被我拽回。那三个孩子大概也被狗的凶相镇住，迟疑间，两条狗顺着塘边东移，挪至空地。三个孩子没有放弃，跟了过去，但也没逼近。

弟弟还想追着看，我死死抓住他。那些身影消失后，我领着他往相反的方向走。几十米外是二队的水井，井外有墙，墙外卧着饮牲畜的长条水槽。我和弟弟绕过水井，继续向西。前行了百米左右，看到了劳作的男男女女。他们在铲土，不是一般的土，是与畜便混杂的，是乡间的肥料。弟弟先看到了母亲的身影。母亲没看到弟弟，若看见,她定会阻止。近前,弟弟突然加快速度。我没拽住他,不,根本就没拽。他满是扑向母亲的欢跃,那姿势美极了。

一个叫九的姑娘正挥舞铁锹,在那个瞬间,奔跑的弟弟经过。世界突然静止,唯有弟弟的哭声在炸裂后,一波又一波地撞击着大地。

我呆若木鸡。意识到弟弟出事了,但又不是确切地清楚,完完全全吓傻了。就那么看着人影的惶急和场面的杂乱,不知能做什么,该做什么。没人呵斥我,没人摇动我,好像我根本不存在。待人影稀疏,铲土的声音重又响起,我终于听到一个声音,还不快回去看看!双脚拔离地面时,闯了大祸的恐惧和不安才劈头盖脸地落下来。我不再是木头,而是枯干的稻草,在突然而起的风中飘摇。

两间房,里外站满了人,我悄无声息地从缝隙间钻过,看到坐在炕上的母亲抱着弟弟。父亲、二姨……大半是亲戚。没有我想象中的严重。村里的赤脚医生查看过了,弟弟的鼻子被铁锹削出了深沟,淌了很多血,但没有其他危险。这是不幸中的万幸,若九用劲儿再大些,弟弟的鼻子就保不住了。所以,我看到母亲尽管疼惜,脸上却又挂着上苍恩赐的欣喜。作为补偿,九从供销社买了一斤也可能是二斤糖块。彼此皆欢。

母亲没怪罪我,父亲没斥骂我,没有一个人责备我。我悬着的心一点儿点儿地落稳了,但也没人理我,我仍然是不存在的。父亲开始散发糖块,每人一粒,没有我的,他看不到我。我记得二姨剥糖纸、把糖块放进嘴里的神情和样子,她的嘴抿得紧紧的,仿佛那是一只鸽子,启唇就会从嘴巴里飞掉。再后来,父亲背着弟弟去了祖母家,母亲跟在父亲后面,她似乎仍有担心,好像弟弟随时会从父亲背上掉下来。

我仍立着。没了七嘴八舌的声音,窄小的土泥屋突然空阔。我感觉自己站在原野上。只是没有风,也没有阳光。我好像明白了,父母在用忽视惩罚我,祸的根由在我。算是从轻发落吧,但彼时,我大松一口气的同时,竟莫名地涌上委屈。不是因为忽视,而是没吃到糖块。我抽抽鼻子,嗅吸着弥漫在空气中的甜香,倚靠在炕沿。我不知该干什么,直到父母回来。

几年后,弟弟再次遭劫。我和他打闹玩耍,我跑他追。我躲在房后墙与园墙的角落,在他的脚步临近时,突然闪出,并做了推的动作。我想吓吓他,仅此而已。弟弟跑得猛,我的双拳正好杵及他的嘴口。他嗷叫一声,捂住嘴巴,但捂不住血液,手很快被染红。他的两颗门牙被我杵掉了,那真是天塌地陷的感觉。弟弟大哭着往家走时,我仍晕眩着难以迈步。后来,我蹲在地上,摸索着寻找弟弟的牙齿。沙粒、石子、柴火,我摸了个遍,可能沾着弟弟带血的唾液,触手之处皆潮乎乎的。没有弟弟的牙齿,往家移步时,忐忑的我生出一丝幻想,也许牙齿完完整整地长在弟弟的嘴巴里。立于屋门口,幻想顿时被击碎,虽然弟弟不再哭了,但他的嘴巴没合着,正中的豁口对向我,无形的炮弹飞射而出。

如果上次是从犯,此次我毫无疑问是元凶。但我没有等来相应的责罚。弟弟虽已换过乳牙,但牙齿仍有再生的可能。这是父母从他处得来的经验。我还知道,被我杵掉的牙被弟弟攥在手里。我并没因免于处罚而轻松,很长一段时间,心里敲着小鼓,直到弟弟龈间冒白。

母亲头发苍白、步履蹒跚时,我陪母亲回了一趟村庄。房屋仍在原址立着,只是矮驼了许多。院墙、园墙坍塌多年,已无痕迹,遍地杂草。拐角不存,那一幕却未被青蒿掩去,我盯视良久,心潮翻涌。

赘述此文,我猛然想及弟弟成家所建房屋,早先是场院,再早是队里积肥的地方。弟弟的鼻子就是在那儿被劈伤的,成年后疤痕仍然凸显。我无法描述自己的杂念，狼奔豕突，摧花折木。

## 3

我的名字含文，弟弟的名字带武，即便在乡间，也很大众。任何人的名字都有寄寓，并不能说明什么。村庄里好几对兄弟以文武命名。我和弟弟有别，更多是性格上的不同。我内向沉静，弟弟外向急躁。我坐得住，而弟弟屁股总是不稳。贪玩的时候还没什么，上学就惨了。

弟弟惹父亲生气多于我，大半的原因和读书有关。如果他确实愚钝，被判定不是那块料，父母也不会强求他。可生活中他是灵泼的，如鱼在水。数学次次不及格，打牌算得比谁都快，且准确无误。他是打宝常胜将军，所获与人交换作业本，然后卖了作业本买糖。村里家风各异，某娃用刀刺伤兄长，其父夸其有出息，可成大器。同宗之间锹劈镰砍，头破血流的事时有发生，并不为怪。如果生在那样的家庭，弟弟或被赞赏甚至被炫耀。但在我家，弟弟所为乃是劣迹昭彰，斥责在所难免。彼时我毫无疑问认为父母是对的，就是现在我也不认为那是错的。只是想，如果评判的标准更多些，虽不能水丰草茂，但定多几分色彩。

我没有叛逆期，不但没有，我把身上可能成为刺的凸起拔得干干净净。乖顺、听话，还有与此相关联的胆怯、柔弱。我自小怕狗，被狗追过几次后，就更怕。在乡村怕狗，如铁链拴脚。好在不是每条狗都那么凶，尤其街上窜来窜去公然欢爱的狗，基本没有攻击性，凶的是看家护院那些。俗语说惹不起躲得起，这句话只有一半正确，相当多的时候，必须面对。父母常指派我借东西，筛子、簸箕、箩筐……还有补袜子用的木楦，做鞋用的鞋样，一借一还，至少两次。有一年冬天，我连跑七家，才要回属于我家被借来借去的饸饹床。借还东西，我极发愁，但从未拗违。起先我总是带根棍子，狗见到棍往往吠叫更凶，但有防身器物，它们也不敢轻易扑上来。随后主人露面，对峙不再。后来，我用另外的方式，提前掰一块馒头或几个莜面窝窝，待狗近前便丢过去。虽不足以饱腹，但它们能觉出我是友善的，会放我通行。当然，并非次次灵验，有的狗不吃这一套，吞了食物照样吠，那样就只能等了。

没有叛逆期，或许遗憾，但我想无关对错。一花一木，迎雨润露，沐光摇风，皆自然造就。

弟弟毫无疑问是有的,那时,我正读初中,多住在学校,没有亲睹,诸事多由外祖母转述。父亲早出晚归,管教弟弟的重任由母亲承担,冲突亦发生在他和母亲之间。

要说也没什么,弟弟和我也吵闹过,但不要说他动刀,连念头也未有,只是于我家而言,他越界大了。比如,他偷家里的鸡蛋换糖吃。

我也偷过,比如偷吃母亲藏在柜中的白糖。弟弟也偷吃了,先于我。我一眼就看穿了,他不停地舔嘴唇,好像甜味有根,舔舔就会长出来。我偷吃完,要用勺子把糖罐搅一搅,以伪造现场。而弟弟不同,舀挖的痕迹清晰地留存。慌张,或也不在乎。其实伪装与否,母亲都会发现的,她不揭穿而已。

一勺糖和两颗鸡蛋没有本质的不同,且都是自家行为,但在母亲看来,后者程度远甚于前者。

鸡蛋我也偷过的,此案甚曲。我的一位表哥从家里偷了八颗鸡蛋,他心眼儿多,没亲自去供销社,也没派自己的弟弟,而是叫我去,我按他的吩咐把卖鸡蛋的钱悉数买了蜜枣。当我把用纸包的蜜枣交给等在门外的他时,他抓出一粒给我,作为赏谢,便转身往供销社后的林带走。那是我第一次吃蜜枣,感觉骨头里都渗了蜜,不由自主地尾随。表哥停住,我眼巴巴地望着他。他又给我一粒,叫我不要再跟,然后又嘱我绝对不能告诉二姨。我郑重地点头,同时有了同谋的不安。亦感惊骇和困惑,表哥偷八颗鸡蛋,就不怕二姨发现吗?胆大包天,还真是呢。

我替表哥守住了秘密,更重要的是二姨从未找我询问,她没察觉,抑或不当回事。我抵不过蜜枣的诱惑,从家里偷拿了一颗鸡蛋。白糖一口就吞掉了,可鸡蛋不同,需要到供销社换。那一公里的路,我走出一身大汗。心和握在手里的鸡蛋壳一样,又薄又脆,似乎一碰即碎。走到供销社门口,我终是退缩,蛋归原地,未遂之窃。我没有表哥的胆量,更怕毁了作为好孩子的形象。

母亲训斥弟弟,不能说是错的,一只苹果可以让少年最终成为盗贼,两颗鸡蛋更有可能。那是做母亲的疼爱儿女的方式。弟弟亦非大错,若生在二姨家,不值一提。但他到底是我弟弟,我家有自己的规矩。弟弟不服,母亲气极打他,他竟然还手。这是我和弟弟的又一不同。我虽老实,但亦常常闯祸,比如弄坏父亲的钻头,他要揍我,我撒腿就跑,在村外游荡或藏匿某处,待母亲来寻,我就知道父亲的气消了。

弟弟的叛逆期并不长,人生的逗号而已。沧桑覆脸,桩桩件件在母亲那里有了另一种表述。基本可概括为她做得过分,弟弟不服,与她顶撞。非词语的丰富和浩瀚,而是时间浸润,心目开阔,屑小、细碎有了不同的体积、重量和温度。

## 4

"娘,烙顿油饼吧,求你了,我的好娘!"
"娘,烙顿油饼吧,我馋得不行了,你瞧瞧,舌头都短了!"
"娘,行行好,你就烙一顿吧!"
我在拙作同一章节写这三句话时,刀刀见骨,痛彻心扉。然而亦有自虐的快感,并非迷恋疼痛,而是行至纵深,恍如梦中情境。

在人类历史上,饥荒与战争、瘟疫一样凄惨恐怖,如欧洲中世纪大饥荒,十九世纪中叶的爱尔兰饥荒等,尸横遍野,腥味冲天。关于这方面的记载甚多,既有史料,也有个人笔记。

与灾难中的人众相比,我与弟弟所经历的根本不值一提。二十世纪七十年代前生人,谁没尝过饥饿的滋味呢?

但我并非晾晒、比拼凄惨,而是抚摸附于其上的讯息和记忆。只有把石子投掷山崖,才能听闻击落的回荡。

进入腊月,村里常飘着浓烈的香气。炸麻花、炸麻叶、炸果蛋、炸糕……坝上胡麻油色深、味重,炸出的食品色泽金黄,味道浓郁,风撕难散。喜鹊、麻雀们在枝头跳荡,追逐忽来忽去的异香。一年也就那么几天,平时没几户动油锅。但秋收时节,生产队会在脱粒的场院架起油锅,炸一次油饼,作为对连夜打场者的犒赏。这是横空长出来的节日,如巨浪翻滚,格外醒目。

一大早,母亲就把喜讯告知我和弟弟,她脸上并未挂着金灿可触的笑,有那么一点,不多,她好像怀揣宝藏,显露太多,会被人抢了去。毕竟不是由她定,有着落空的担心和忐忑,但又想与我和弟弟分享,她拿捏的是希望与失望的分寸。

秋日也很漫长的,黄昏姗姗来迟。入夜,父亲和母亲均去了场院,只有我和弟弟在家。油灯下没什么可玩的,我和弟弟专心致志地等。院外偶有声响,我们竖起耳朵,努力瞪大眼睛,似乎目光能穿透黄土墙。那不是父亲或母亲的脚步,或许是树枝的摇晃,又或许是农具倒地的声响。弟弟要出去瞅瞅,我警告无效,随他站到院子里。既听不到也闻不到。夜凉如水，片刻，缩至屋中。油饼的诱惑随着夜的加深而膨大，兴奋与焦躁相伴相生。我们又听到肚子的咕噜声，家里有剩饭可充饥，但想到母亲可能已在回来的路上，忍住了。我们的胃是留给油饼的。

母亲终于回来，但并未带回油饼。她回来是告诉我们，油饼铁定要炸的，叫我们千万别睡着。她灰扑扑的脸挂着热腾腾的笑，胜利在望的样子，连头巾上的麦壳也像鞭炮炸燃后的碎屑般沾带着喜气。

母亲走后，我和弟弟继续在想象中等待。然弟弟终是没我有耐心，也没我能支撑。他困了，上下眼皮碰过几次了。往常这个时间，早已进入梦乡。他说睡一会儿，待母亲拿回油饼再叫醒他。他没脱衣服，脑袋挨枕便睡着了。

母亲带回油饼时，我已疲困至极。没有钟表，也不知是几更，我欲叫醒酣睡的弟弟，母亲制止了我，疼惜又惋惜地说，明早吃吧。生产队炸的油饼又大又厚，没完全炸熟。吃时须小心翼翼，把没有熟的面块扯掰出来，以备二次蒸食。油饼并未因夹生而失却香味，我狼吞虎咽。吃饱，美美地睡了。次日，我穿衣服，弟弟还未醒，待我刚刚下地，他突地坐起，大声问，娘送回油饼没？他还没醒透，目光是蒙眬的，我扑哧笑了。

娘,炸顿油饼吧。这是弟弟的声音。那时,我就读于师范,不交一分钱学费,每月还有三十斤饭票十元菜票,几乎每天早餐都有烧饼,那真是神仙般的日子。

我未亲闻弟弟这样讲,母亲也是许久之后才和我说的。每次见面她都要说,有时上午说了,下午又讲。仿佛那是一串念珠,她随时抚摸。念珠浸了她的体温和念想,渐渐变得温润晶莹。由悔痛自责到难解的困惑、假设的可能,直到平静、释然。若非她节俭度日,弟弟的婚房怎么盖得起来?逻辑不是我推而引导,是她在拨念珠的时光里一丁一点连接起来的。

弟弟的婚房拔地而起时,用乡村的定义,我跳出农门,吃上了皇粮,但我未能为父母分忧效力。婚房上檩,我回去了一趟。里里外外,亲戚们各展本事。再有几分钟就要开饭了,挂着尘土的弟弟走进屋,本欲略略休息一下,然往炕上一躺,鼾声顿起。我猛然想起和弟弟等待吃油饼的夜晚。一旁的四姑见我发怔,看着弟弟说:累透了!

5

某日清早,我在石城的公园散步,妹妹打来电话,她从未这么早打电话,我头皮怵麻,猜有大事发生了,果然她先哭出来。弟弟和弟媳打架,要离婚。我没有任何的询问、安慰,断然道,离就离了吧。妹妹的哭声戛然而止,她一定震惊和意外。弟弟的婚姻将要破裂,如天降祸,她万般担心,求助于我,我何尝不知?但那也是我真实的想法,过不下去,分开最好。我没有想于弟弟意味着什么。

"生存原来是这么回事。"这非圣贤智者之言,是一个叫克里斯默斯的人在逃亡路上的顿悟。这个约克纳帕塔法世界中的人物,遭遇坎坷。与他相比,弟弟及村庄的其他人要坦顺得多,但这并不意味着没有波折和烦忧,日常的刺更扎人。

我无意对弟弟的婚姻做界定和评判,就我的村庄而言,哪个家庭没有矛盾呢?呈露的形式不同而已。是是非非,终为烟尘。回溯过往,是因为母亲,她近十年没见过弟弟,三千多个日子,比我和弟弟等吃油饼漫长得多,她是靠回忆和讲述熬过来的。

我是母亲讲述的对象,虽然很多时候我也不耐烦,岔开或敛回,但换个时间她又说了。弟弟婚后的事多是母亲告诉我的。妹妹在那次电话后,再没提过。母亲反反复复,我慢慢明白了,这不但是往事,还是她的药。我成为忠实

光在遥远处波动

的听众。事件如石粒,每一次讲述都是打磨。磨砺过往的同时,也磨她自己。一切变得迥然不同。

　　弟弟和弟媳吵架,弟媳跑回娘家。但侄女尚未断奶,嗷嗷待哺,这就急迫了。家中唯一的自行车被我霸用,母亲和妹妹抱着侄女冒雨赶了二十余里路,但弟弟的岳母疼护女儿,拒不让母亲和妹妹进门。她们可是抱着哭叫的侄女的。母亲和妹妹心焦嘴软,央求进门。是弟弟的岳父说了话,才得以将侄女送进去。母亲第一次讲述是怨愤的,拦她和妹妹可以,竟然阻隔侄女?第二次讲述,母亲的怨愤已淡了许多,有的只是不解。第三次,母亲连困惑也没了,讲述重点不在侄女能否及时吃奶,而是评价弟弟的岳父,那可是个好人。用术语说,她跑题了。且随着讲述次数增多,越跑越远。妹妹和侄女关系好,母亲说打小就亲,然后说那趟多半是妹妹抱着侄女的。弟弟的岳父给人看守库房,不但没拿到工资,还把自己的钱借给东家,结果年年要账。母亲感叹,他人太好了,替弟弟的岳父发愁。你弟弟不会哄媳妇,母亲说,两口子打架,儿女受罪。弟弟属狗,母亲说弟弟是鸡命,啄一口吃一口。她语气平和,没怪谁,更未怨谁,讲述只因她必须讲,那不过是盛载过往的木盆。

一棵棵繁茂的树就这样生长、伸向天空，那属于母亲，也属于弟弟。种子属于弟弟，母亲亲手栽种、浇灌。成年之后，我和弟弟各奔东西，难得见面，这些树让我得以窥知他行走的姿势和痕迹。困苦、艰辛、哀痛、伤悲、喜悦、欢乐、希望、闲言及碎语，还有无法描述的那些。谁也难以择此而舍彼，生命因此而摇曳多姿。尤其回望时，树梢波光闪闪。

# 二舅的村庄

## 1

进入内蒙界,雨突然大了,天地茫茫。我再次放慢车速,在雨刮器急速摆动的间隙,努力地瞅着前方。父亲说早知下这么大雨就不来了。我没吭声,专注地开车。

辛丑年九月,中秋节的前一天,我和父亲去太仆寺旗马房子镇一个叫韩玉营的村庄看望我的二舅。我提议的。母亲健在时,非常惦记她唯一的弟弟,我几次带她前往。我不能为母亲做什么了,这是能做的。出发时飘着雨丝,并不大,怎料天威难测,说变就变。我清楚父亲为何这么说,毕竟安全是最重要的,而且可能寻不见进村的路。没有标记,只能凭记忆。大雨倾盆,树木山丘只见轮廓,辨识极其困难。

沽源县城至太仆寺旗的路我走过多遭,印象最深的是第一次。骑自行车陪失恋的同事散心。参加工作不久,激情四溢。沙石路,走了多半天,后半晌,饥肠辘辘,又逢陡坡,只得推着走。至终点,腿软眼花。后来就是坐大巴了。我和朋友数次到太仆寺旗吃手扒肉。太仆寺旗的手扒肉好吃,更重要的是价格低,朋友算过账,加上车费,也比在沽源吃划算。再后来,我驾车与父母前往同样住在内蒙的大姑家,当然还有二舅家,不止一次。

但这并不意味着我轻易能找见进村的路,得靠父亲。

过了一会儿,雨势渐弱,待父亲确认在前边的路口下公路时,已有转晴的迹象。村庄距公路三四里的样子,水泥路,虽有积水,并不担心陷在泥污中。我顺着父亲的指引,穿街过巷。房屋的样式几乎没什么区别,差别在于院落的大小,院门有檐无檐。二舅家的院门是带檐的,但带檐的并非一家。父亲指着一户说到了,我问确定吗,结果父亲反疑惑了。父亲让我停在路边,他上前确认,或许是仍飘着雨丝的缘故,街上没有人。父亲在门口转了转,还是不能确认,于是掏出手机给二舅打电话。父亲嗓门本就高,在寂寥的街道上,声音格外响。几分钟后,二舅出来了,彼时父亲就站在门口。

到家了。

这是母亲生活过的村庄,她在这里出生在这里长大,十八岁那年嫁给父亲。她出生的老房子早就不在了,记忆中,土屋矮深,院子狭长,与二舅也不住同一条街。某个晚上,母亲背着我从二舅家回外祖母家的途中,在街中心的广场上,目睹了一场批斗会。何人,又缘何被批,我并不清楚。母亲没有久停,站了站便迅速离开。走得有些急,显然怕吓着我。忽明忽暗的火把,看不清面目的人,那场面确实骇人。我出生的村庄与韩玉营虽然分属河北与内蒙古,但相隔也就七八十里,在今天一脚油门的事,但那时只能坐牛车,要走一整天。父亲也曾带我来过,好像家里买了第一辆自行车的时候,我坐在横梁上,外祖母坐在后座,遇有上坡或坑洼,只能下来走。外祖母是小脚,走得极慢,所以自行车并不比牛车快。外祖父去世早,我对他的记忆是模糊的,这模糊的记忆还是在母亲的描述中勾画出来的。母亲上面有两个姐姐,一个哥哥即我的大舅,他早早就离世了,母亲只提过一次,我没敢问,似乎那时就明白这是不能触碰的话题。二舅是母亲唯一的弟弟，母亲对他的情感自然是极深的。二舅到我家的日子，母亲春风满面。后来，外祖母在三个女儿家轮流住，极少去二舅家。原因是显而易见的，但又很难说清楚。我知道的是母亲对二舅的情感一如既往，甚至比以前更护着他了，外祖母也未因二舅没能养活她而有怨言。见面少，反更为牵念。遇暴雨，她会想到二舅，认为韩玉营雨更大，似乎二舅的房屋院子会被冲毁，为此愁眉不展；遇干旱，她也会想到二舅，觉得韩玉营的庄稼都要枯死了，她为想象中的颗粒无收而长吁短叹。这不能完全怪外祖母身在曹营心在汉。儿子是自己的，闺女属于外人，在她出生时，此观念就植入身体。她不但想，还要说出来，且常常念叨，这就有些过了，难免被戗。三女三婿，不是个个好脾气。母亲体贴外祖母，遇父亲不忙时，会派他送外祖母回去小住几日。父亲骑自行车带我和外祖母只是其中的一次。

韩玉营，这个塞外村庄，外祖母无数次想象、母亲反复描述魂牵梦萦的地方，并无特别之处，如今亦是，不过多了家养鸡场。但它和亲人有关，便有了超乎寻常的温度和斑斓夺目的色彩。

## 2

我进屋,父亲和二舅已聊上了。二舅脸朝北坐在炕沿,父亲坐在靠墙的床上。家具摆设和上次没什么不同,老式电视机仍摆在柜角,墙上两个大相框,几张年画,不同的是床与柜之间多了台洗衣机。虽简陋,但干干净净。二舅母去附近村里的草莓基地干活了,二舅一人在家。他视力不好,晚年更差,我叫二舅,他应了一声,没问其他。我在炕的一端坐了,听他和父亲说话。他冲着父亲,并不看我。二十余分钟后,我意识到什么,问,知道我是谁不?二舅没有任何犹豫,回答:不知道!我扑哧笑了,告知他,他啊了一声,说我记得你开的是一辆黑色的车,不是白车呀。我说了缘由,二舅噢了一声。每个人都有自己的逻辑和方式,我没有进入二舅的轨道,这要怪我。我也挺纳闷,二舅看不清不知道我是谁,为什么不问问呢?我差点就要问他了,终是作罢。这是他小心翼翼的性子使然吧,我如是想。

二舅没有高声说过话,至少我没听到。至于发脾气,或是张狂、出格的行为,更是没有。一个人活在世上,不可能一帆风顺，尤其二舅这样即使在乡村也不是一个出色的农民，总会遭遇这样那样的不幸和挫折，他默默吞咽着绝望、困苦、愤怒和忧伤，风暴卷得再猛，也只限于体内。承受是他最大的本事，是他唯一的武器。脑海中现出某个冬日清早的景象，母亲在外屋拉风箱，我和二舅仍旧躺在被窝里，他似乎想给我找些乐子，握紧拳头捣击泥墙。尔后问我，你能捣得这么响么？我捣了两下，便缩回手，有些疼，而且，无任何乐趣可言。如今想来，那是我所见证的他最轻松最洒脱的时候。

男人当不了家，在乡村低人一等，要被笑话的。但对于二舅，这笑话不存在。性格加之视力缺陷，他已低到尘埃里，和任何一个女人结婚，他都必然处于从属地位。二舅母并非刁蛮强悍之人，甚至可以说，她当家也是形势使然。作为一家之主，不只是发号施令那么简单，她处处身先士卒。二舅自然也不是懒惰之人，送走冬日迎来夏天，在苍茫的北方大地上，为生计如蚁忙碌着。

六十五岁那年，二舅被疾病袭倒，实实在在倒了，完全不能动了，不然他会忍着。六十多年，他都是这么过来的。终于，身体超过了极限，如崩断的弹簧。儿女带他前往张家口市医院，检查后，医生说二舅心血管大面积堵塞，虽未彻底堵死,但已无做支架的可能。这等于宣告二舅的路已至尽头。儿女把二舅拉回来,讨了些偏方。比如每日清早吃几片醋泡的生姜和木耳,以几味中药泡水当茶饮。这不过是心理安慰,儿女们清楚,二舅更清楚。二舅仍是默默承受,我和母亲去看他,他很平静,只是说话声音更低了。在回来的路上,母亲几乎没说话。这个世界是有奇迹的,不管你信不信,我信。因为奇迹在二舅身上发生了。半年后,二舅能下地行走了,又半年,他可以干活了,不再是废人。后咨询医生,医生说并非偏方起了效力,而是二舅的自我修复能力超强。据说心脏有一条备用血管,常用的那条堵了,备用血管自行打通。这说法是否正确并不重要,重要的是二舅几近康复。当然,干重活肯定是不行的,仍胸闷气短。二舅很知足,上苍赏了他一只金苹果。

作为领导的二舅母独自撑起家庭的伞。大半的地承包了出去,一亩地三到四百元,二十余亩地不足万元。家庭的主要收入靠二舅母打短工,每天要十多个小时,收入从一百至三百元,这要看活儿急不急,劳力是否紧缺。一年下来,差不多能有两万多元收入。二舅母有哮喘,在寒冷的北方,这是老年的常见病,难以治愈,时好时坏,真正的看老天脸色。二舅母吃的是最便宜的药，一月不足十元，但效果还好。父亲每每说起，都连连称奇。

二舅也没闲着，洗锅做饭，喂养猪鸡。我见过他蒸的馒头，又大又暄。我进院时看到猪圈的白猪，少说有二百斤了。进腊月，这头猪将被杀掉。日子确实好了，倒回二十年前，是万万舍不得的。外边的活儿二舅也干一些，比如捡柴火，比如去翻耕过的地里捡土豆。土豆都是外来的人承包种的，成百上千亩，机翻人捡，产量是当了一辈子农民的二舅不敢想象的。少年时代，我不止一次与母亲去生产队翻耕过的地里用三股叉一遍遍地挖土豆。半天挖多半筐就不错了，运气差的话，也就七八颗。与如今的二舅不同。二舅最多的一天捡了十二编织袋，每袋五六十斤呢。

我有些吃惊，问二舅这么多土豆怎么弄回来的？他说骑三轮车。我更吃惊了，问他看不清路，怎么可以开车？二舅解释开得慢，如果感觉前面有黑影，可能是行人，也可能是猪羊，就下来推着走。末了自嘲道，都熟惯了，见我开三轮都躲着走。

我和父亲相视笑笑，不无酸楚，但更多的是高兴。我想起母亲常说的一句话，鸡有鸡路，鸭有鸭桥。二舅卑微，但并非憨笨之人,他有自己的活法。

## 3

我端详着跨在炕沿、几乎没变过姿势的二舅。他戴了顶蓝帽子,且背着光亮,这使他本就深褐的脸更加发暗。在这张深褐的面孔上,我望到了外祖母,脸形、神情,还有同样郁结的一团团心事。

十五岁那年,外祖母被外祖父用借来的毛驴从崇礼驿马图驮到塞外,彼时她的弟弟尚未出生。外祖母姓焦,但没有名字,在需要写她的名字时,以焦氏作代。取名字是容易的,花草树木,飞鸟游鱼,赤橙黄绿青蓝紫,随便一样随便一种都可当作名字,但她没有。她的父母没给她取,我想并不是轻贱她这个人,而是轻贱她的性别。女孩终归是外人,有名无名没那么紧要。外祖母也没想着给自己取名,嫁了人,可以说,名字也有了。外祖父家里的,一个不用思考就可以命名的有归属意味的名字。在外祖父去往另一个世界后,外祖母的名字随之消失,又成了焦氏。树倒影消,她就是影子。外祖母从未觉得这有什么不对,从不为此委屈,她的心事与此无关。外祖母的心事可以装数百箩筐,如果挑选,最大的一桩,贯穿人生,弥留之际仍然牵念的,无疑是她的儿子,我的二舅。二舅没能把她接至身边,服侍她终老,她从未抱怨,偶尔和二舅住上几天,已很知足。只要二舅过得好,我相信她什么都肯做的。当然,她也做不了什么。

父亲和二舅的聊天是问答式的,很像考试,父亲问,二舅答。二舅不是那种主动倾吐的人,但只要父亲问,他的话亦如水流开闸。二舅不为自己及舅母的身体担心,不为遥远的世界他触及不到的事皱眉,令他忧心的是他的儿女,特别是他的二儿子。

有多少农民在时代的浪潮中离开村庄,前往城市,准确数字我不是很清楚,我知道的是二舅的两子一女亦在潮中。长子比我小几岁,少年时代常在一起玩耍,成年后我再没见过他。多年来他一直在呼和浩特市,是架子工,在建筑工地上算是技术工人,收入尚稳定。女儿不远,就在太仆寺旗做杂工,收入一般,但以二舅的标准,比在村里种地强多了。他担心的是能不能持久,零工,说辞就辞了。二舅叫赵贵,没贵过,也没富过,他甚至没想过,对他挂念的子女,也没指望大富大贵,想都不想,只求有碗饭吃,安稳度日。期望值低得不能再低,怎奈人生难如意。

二表弟结婚时我已调至张家口市,没有参加他的婚礼。而他婚后的情况不断地传入耳中,两口子经常吵闹。据父亲的说法,亲事系媒人介绍,对女方家族的性格尤其女方的性格没有深入了解就草草结婚,从开始就错了。父亲忽视了二舅的家境,在乡村,像二表弟这样虽不是好吃懒做,但无一技之长的农民,能娶个媳妇,且能承受女方索要的彩礼,只有谢天谢地,哪敢从容挑选?万一错过,打了光棍呢?合适与否,先娶到家里再说,这是二舅的逻辑,也是许多像二舅这样的农民的逻辑。可毕竟不是外祖母的时代了,不能要求二表弟的妻子接受现实,她嫌怨二表弟没本事也在情理之中。就是在外祖母时代,也不是每个女人都默默吞咽生活苦果的。

如托尔斯泰所言,幸福的家庭是相似的,不幸的家庭各有各的不幸。婚姻破裂,究由寻理,双方大都有责。二表弟夫妻虽争吵不断,但一日日也过来了,孩子出生,算是为这艘飘摇的小船拴上了链桩。二舅抱上孙子,愁眉也渐渐舒展。二表弟的妻子得过一场病,在北京做的手术,二表弟没那么大的经济能力,多半是二舅出的。二舅没有为此抱怨过。儿媳嫁过来,就是自家人,他不但舍得花,而且觉得这样的付出会有好报,儿子的婚姻将更稳固。

如果二表弟夫妻始终在村里,生活或许仍如从前,吵闹不断,巢室稳安。但潮流难逆,二表弟夫妻也进城了。不是北京广州那样的大城市,他们去的是县城。挣钱是一方面,另一方面是为了孩子上学。两人租了房子,二表弟打零工,其妻子在宾馆洗洗涮涮。

父亲听到这个消息,担忧地说这个媳妇要飘了。飘,在老家话是另一种发音,拱手送人的意思。我反驳父亲,父亲哼了一声,说你等着吧。结果被父亲言中。

二表弟或有预感吧,妻子提出离婚时,他并不吃惊。他遗传了二舅承受的基因,任凭妻子怎样都行,但决不答应离婚。于是二表弟妻子到法院起诉。

离婚官司持续了一年左右,二表弟或以为拖延能解决问题,这当然是一厢情愿。其间,他曾给我打过电话,询问财产分割事宜。在县城的数年间,他们买了两间平房,这两间房已列入县城拆迁计划。我建议他找律师,实在帮不了他。孩子的归属与财产分割最后是由法院调解的。

二表弟开始了另一种生活,并没有天塌地陷。但二舅的心从此压上了巨石,他的脸日日缩着,缩成了外祖母的模样。

父亲问二表弟前妻过得如何,我想这不该问的,会刺痛二舅。再说二舅怎么知情?没料二舅竟然知道得清清楚楚。

二表弟前妻和那个男人已经分手了,自认识至在一起的数年间,二表弟前妻花了对方十万块钱。花在哪些方面的,二舅没细讲,分手是男人提出的,虽如此,仍要二表弟前妻一分不少地归还十万块钱。那是个不大好惹的男人,二表弟前妻留了心眼,找到派出所,当着公安的面还清,并让对方写了收条,防止男人赖账反复索要,那很可能让她成为套路贷般的冤大头,陷入无休无止的恐慌和噩梦中。

她终究和二表弟一样,草芥而已。这个世界远超她的想象,她是把握不住的。

我努力地瞅着二舅,试图窥出些什么。二舅的语气和神情并无变化,就像说一件与他不相干的事。她不再是赵家媳妇,可终究是他孙女的母亲,而他又是心地善良的人,他没有丝毫的幸灾乐祸,并不在我意料之外。但这到底是他的伤痛,怎么会看不出悲伤?

我当然祈望二舅放得下，满腹的清风明月，闲云流水。可巨石横亘，二舅又怎么可能做到？难道日日承压，他已石化了？我不知如何形容自己彼时的心境，既怕二舅痛，又怕二舅不痛。

父亲问二表弟与前妻是否有复婚的可能，二舅回答，不知道！然后低下头，好一会儿才抬起来。我以为父亲要给二舅出主意，找人说合什么的，但父亲转移了话题，或是二舅的低头让他把话咽回了吧。

铃声突然响起，二舅掏出手机，脸几乎蹭到屏幕上。是在县城打工的女儿打来的，明天就是中秋节了，她要回来，问二舅有没有什么要买的东西。二舅说什么都有。二舅的脸上飞出喜色，声音也高了许多。

除了必不可少的药，他不会让女儿破费的。他告诉女儿，我和父亲来看他了，表妹让他留我们住一晚。二舅看我，我说过会儿就走，二舅毫无保留地转话给表妹。直来直去，没有虚套，这是亲人间说话的方式。

## 4

告别时，我给二舅留钱，他说别留了，不像以前，二舅现在有钱！后两个字，他加重语气强调，透着豪气。二舅能有多少钱呢，数着手指就可以算出来，即便和村里其他人家，也没法比的，但和他的过去相较，确实地覆天翻，至少由负转正了。数年前，我看望二舅时留了三百块钱，他给母亲打电话，难掩激奋和惊喜，似乎那是一笔巨款。二舅的豪言令我欣慰，我拨开二舅的胳膊，笑了笑，放在炕上。

雨早就停了，云白而薄，像一层撕得极均匀的棉絮。进村走村东的路，离开走村西，也是水泥路。路两侧的田里是已熟的向日葵，一部分被砍的葵盘重新插在秆上，在秋风的吹拂下会慢慢干透，另一部分仍挺直着身子。以往，田地种的都是莜麦、小麦、胡麻、土豆、萝卜，这是塞外的传统作物。现在几乎看不到小麦了，除了莜麦胡麻这些耐寒、生活于此的人吃惯了的、他处难以生长的庄稼，基本是外来作物的天下。二舅的村庄距公路不远，大世界的风能轻易刮到这里。

看到村后的树林，我又想起外祖母。二舅是她的宝，是她的根，是她的欢乐，亦是她的忧伤。不夸张地说，她是为二舅而活着。笑意在她的皱纹里如金鱼活蹦乱跳时，肯定是听到二舅的庄稼丰收，甚或某些微不足道豆芽般细瘦的消息,也能让她眯缝双眼。她如木头一样呆坐,那定然是闻知与二舅相关的讯息,甚至是她的胡思乱想。赤日炎炎,她认为二舅正在劳作,口干舌燥,筋疲力尽;大雨倾盆,她认为二舅正在赶路,浑身透湿,方向迷失。那时,在三个女儿家轮流居住的外祖母就是这样活在想象中。

在这一点上,二舅与外祖母没有任何区别,儿女们就是天,就是他头顶的太阳。手头宽裕,养的猪可以在腊月杀掉了,当然不是自己吃,他和二舅母只留很少一部分,大半的肉分给儿女。前膀肉后腿肉,肥与瘦,搭配得均均匀匀。还要用秤称了,似乎是出售,斤两有失即便没人找麻烦,他自己也会心怀愧疚,寝食难安。二舅是否也活在想象中?多半是的。儿女们天南地北,只有节假日才有可能回到身边。外祖母偶尔还能回到韩玉营小住几天,而二舅只能守在村庄,漫长的等待,除了想象,还能做什么?电话是可以打,但我相信,二舅不会轻易碰的,在他的认知中,电话费是奢侈的支出。

又想起母亲,她何尝不是如此呢。外祖母、母亲、二舅,流淌着同样的血液。有先天遗传,也有大地上的风熏就的缘故。一日日一年年,他们塑造成了一个模型。数不尽的村庄刮着同样的风。

这么想着,韩玉营已经在身后了。

# 姑　姑

我有几十个姑姑,比我年龄小的也有八九位。初登讲台,一个姑姑在我所教的班上就读。课上我是老师,可以喊她的名字,叫她回答问题,甚至板起脸训斥。下课我就得喊她姑姑。这是宗族礼法,再者,从小喊惯了。所以上课时我尽量不让她回答问题,哪怕她把手举得再高。我怕一不小心叫了姑姑,学生哄笑不说,难免传到校长耳里。这对她不公平,但谁让她是姑呢?

另一个姑姑与我是师范校友,比我低一届。她歌唱得好,是明星级人物,学校的各种文艺活动,她都是压轴出场,场下必定如水沸腾。我混在人群中,自觉脸上有光,但我从未说过她是我姑。无他,就因为她没我年龄大,如今想来我有点极其可笑的羞涩。我曾领某个小姑参加体育考试，并托同学关系，希望得到些关照。这是不能隐的，我如实介绍了。同学瞪大眼，问我怎么还有这么小的姑姑。我没法给他一个简明的答案，只说千真万确。

姑姑多，自然故事也多，我没能力也没精力一一叙述，只讲与父亲同胞的姑姑。父亲同胞九人，四男五女。她们年龄相差挺多的，比如大姑与老姑，隔有二十余岁。不是同一年代人，所以她们很不一样，可因为血缘关系，又有着许多的相似。

我们村有六个自然村，状如北斗星，勺柄短一些而已。四姑嫁到其中一个自然村，与我生活的大村约两公里距离，大姑二姑三姑嫁到了内蒙古，老姑嫁到了邻村。所以，我和四姑见面的机会最多。

曾有个奇人在村里住过几年，整日解读袁天罡。某日，数个十八九岁的姑娘在街上走，他与人在街边闲聊。待她们走过，他对旁人说这些女孩中，某某是最有福气的。他说的某某是我的堂姑。又言某某某福气薄，至于怎么个薄法，他怎么看出来的，秘而不言。其他姑娘包括四姑在内，他没预言。我的堂姑确实是那些人中最有福气的，整个村庄的人都可以做证。至于某某某,出嫁生子,再正常不过的,但人到中年,遭遇一劫。父亲七十岁之后常与我叙谈往事,屡屡称奇。我拥有的那一丁点儿科学知识就像冰块,与坚硬的事实屡屡碰撞,稀里哗啦,碎如尘粉。

近期重读《红楼梦》,读到金陵十二钗的判词,忽然想到四姑。四姑生于农家,没读过几年书,当然不能和金陵十二钗相提并论。如警幻仙子对贾宝玉所言"余者庸常之辈,则无册可录矣"。但就命运而言,每个人都是厚厚一册。如果描述四姑的人生,最重要的两个字是承受。

在姐姐们出嫁、哥哥们成家另过后,四姑成了家庭的主劳力。这个劳力作不得虚弄不得假,确实要扛大梁的。四姑不但扛了,还扛出了名,成为村庄的铁姑娘。所谓的铁姑娘不但要和男人干同样的活,甚至还要比男人们干得好。那个时代,在中国的大地上,有很多这样的铁姑娘。四姑锄地能把其他人甩出几十米远;割地,从地头到地尾不直腰的,所以她总是被队长委以重任,曰"驾辕"。三套马车,中间那匹马叫驾辕马,出力最多。这是通俗甚至说是粗俗的说法,但极其形象。四姑还有另一重身份,地主的儿女。如若不是这个,她或许能扬名于村庄之外。四姑豁出命地干,与出身也有关系吧。成分不好,是低人一等的,有时要低二等三等，只有在劳动方面可以平起平坐。虽然干活能赢得尊重，但四姑的心仍压着什么。

冬日的某个夜晚，我如往常一样到奶奶家玩。昏暗的油灯下，四姑和别的女人一样在纳鞋底。祖母家有截铁链，半米左右。我玩了一会儿，忽然想起课本内容，说，这是地主抽人的铁链。就这么一句话，四姑脸色突变，目射寒光，斥喝，谁告诉你的？你见了？她的声音极高，似乎使出了挥镰的力气。我吓傻了，之前从未见过四姑发火，如岩浆喷射般。没人告诉我，更没人指使我，完全是无心。如果非要追究，那就是课本这么教的，残暴的地主就是用皮鞭、铁链抽打佃农的。可别忘了，我是地主之孙，每次填成分表，我都自卑得用手遮住那一栏。四姑瞪了我一会儿，夺过铁链，丢到墙角。待我年长，才真正懂了四姑何以发那么大脾气。

那时的四姑心情灰暗，也有婚事的原因。队长做媒，祖父做主，婚事就定了。我从大人们的闲语中窥知，四姑是不大满意的。四姑相貌周正，与村庄的姑娘相比，她定在三甲。而且身材也好，匀称结实，关键还是干活的好手，若说弱项，就成分差一点儿。男方的条件比四姑差了许多，他比四姑矮，家境也一般。那时的队长在村里权力极大，他若做媒，多半是能成的，但毕竟新社会了，谁也不能强迫。如果换作我老姑，她看不上，绝对不同意，婚事一百二十个要黄的。可四姑不是老姑，她是承受忍耐型的。祖父做主，她就不能违拗。虽然应了，心里是不痛快的。

祖父定然有他的考虑，后来我问过父亲，父亲说祖父相中的是对方老实。女婿老实，亲家老实，四姑嫁过去不受欺负。如此简单，仔细一想，又复杂得很。四姑懂不懂祖父的心思呢？于她，听话比懂更重要。

订婚只是民间约定，并无法律效力，从订婚到结婚娶亲，需要两到三年的考察期，有的要四五年，但也有一年甚至半年就结婚的。时间长短要看男女是否到结婚年龄，家境状况，彼此的意愿。如果一方在此期间悔婚，是可以退掉的。甚至可以不见面，由媒人办结就可以了。退婚的不是一桩两桩，有的无声无息，有的大打出手。其中一桩，双方发生械斗，各有所伤，那场面是骇人的。

四姑有过退婚的念头吗？我不知道，即便有，她也不会说出来。婚约不过是一截拧结的干草，一扯就会断的。但这截枯草般的绳子关系着家族的名声，在四姑看来，那比她的个人幸福重要得多，是悬在她头顶的泰山。

准四姑夫不常露面，只在中秋、春节过来，自然不会空手,除了订婚时说定的衣服、布料,总要拎两包点心,他瘦小谦卑,对我这样的后辈也恭恭敬敬的。四姑的面容没挂欢喜,也无哀愁,平平淡淡,我看不出什么,也没那么在乎。点心很甜,咬一小口,从头到脚都浸了蜜般。

四姑出嫁,我压喜车,见证了全过程。压喜车能挣十元钱,彼时是个不小的数目。几个姑姑嘱我不要轻易下车,我赖着不下,男方会给得更多。祖母则让我护着点儿四姑,别让人抢走四姑的鞋和袜子。我牢记在心,但没一样做到。喜车一进院,那么多人扑向四姑,我突然蒙了,好像他们不是闹喜的,而是要抓四姑到什么地方。等我醒过神儿,车上只剩了我一人。队长,即那个媒人笑眯眯地塞给我十元钱,没等我做出反应,他两手一夹,我被施了魔法般轻落于地。四姑的鞋还是被抢走了,这倒无碍,由男方家去赎。所谓的闹喜,就是耍新娘。有的乡村婚俗近于野蛮,我们村还是比较文明的。祖母让我护着四姑,该是怕扭伤了四姑的脚吧。

嫁作人妇的四姑掀开了新的一页,然而,等待她的又是什么呢?

在读哈代《德伯家的苔丝》时，我脑里曾闪出四姑的身影。四姑比苔丝幸运得多，她的丈夫，即我四姑夫憨厚老实，不会责骂欺骗四姑，也无赌博酗酒的恶习。若来几句甜言蜜语，给清苦的日子撒些作料，又或在漫漫长夜讲个故事，他也做不到。我也是老实人，知道老实人都很无趣。老实还有一个好处，听话。四姑夫说话时总习惯性地先看看四姑。他是宠四姑的，娶了这么一个媳妇，他没道理不宠。然而四姑并未因此而变得凶悍，从无疾言厉色。之所以由苔丝想到四姑，是四姑像苔丝一样美丽善良，有着超强的吃苦能力。

清苦并不可怕，锥心刺骨的是意外的突然袭击。四姑的第一个女儿夭折了。那个妹妹伶俐可爱，我常逗她玩。放假回家，得知这一消息，感觉脑子顿时卡住了。祖母已派人把几近疯癫的四姑接过来，我去看她，她正哭喊着往外跑。她力气大，几个人竟按不住。我抓了四姑的胳膊，其实使不上什么劲儿，我不知能做什么。抓的抓拽的拽，终于把四姑弄回家。语言是没有力量的，劝慰更像是伤口撒盐。那些至亲的人说些闲话，借以分散她的苦痛。有那么一会儿，似乎起了作用，四姑安安静静地听着，偶尔会插话。可猝不及防的，她又发作了。大家均小心翼翼的，避免触碰她的哀伤。连空气都是稀薄的。可她的悲痛突然就决堤了，哭叫着往外跑，几个人又七手八脚去抓她。我的骇恐远甚于难过，害怕她从此疯魔了。四姑是怎么熬过来的，我不知道。待再次放假，四姑已有身孕。女儿出生后，四姑已完全正常了。

父母于二十世纪九十年代进城打工，我回村都住在四姑家。彼时的四姑比铁姑娘还铁，种地之外，养了三头母猪，七八头牛，四五十只羊，当然还有鸡狗。四姑夫放牧，耕地基本靠四姑。如果单纯种地，收秋之后就闲了。但养殖一年四季都是忙的。猪下崽，羊下羔，四姑和四姑夫夜晚轮流守在猪窝或羊圈，以免猪羊难产。它们是四姑的金库，四姑对它们的疼爱远甚于自己。我不敢常住，因为四姑还得为我做饭。她和四姑夫吃饭马马虎虎，我回去，她没法马虎。我也随四姑干活，平时天黑透了她才往回走，我在，她就早早收工了。添乱多于帮忙，这让我羞愧。

四姑拼了命地干，但日子并没有多么宽裕。除了供儿女读书，也就盖了三间砖瓦房，把下雨便沼泽似的院子垫高了些。四姑仍旧节俭，那把牙刷不知用了多少年，毛快磨没了，四姑舍不得换。她习惯了，这不算什么。从少女到中年，四姑承受着各种各样的苦，她没被压垮，承受能力更强了。

祖母去世后,我见识了四姑的另一面。祖母病重期间,儿女轮流伺候,四姑陪祖母时间最多,也最清楚祖母的遗愿。在商量祖母的发丧事宜时,四姑第一个发声,必须照祖母的遗愿来。她的尚方宝剑就是:娘说了。似乎谁有异议,她就会斩了谁。一向和善温顺的四姑,突然间变得冷峻、严肃、决绝,娘说的话就是圣旨,谁也别想有丝毫违拗。于是就没人再提别的话了,那一刻的四姑令人畏惧。

苦是从我作为侄儿的角度揣摩,在四姑,那根本算不得什么,因为她有盼。和任何一个母亲一样,四姑盼望着儿女出息,那是点在心头的明灯。儿女都争气,均考上大学,各自在城里安家。儿子初次买房,亲戚们一星期内帮四姑凑够了首付,这就是宗族的好,它的根脉并没有被时间和时代摧毁,结实而健壮。邻人都很羡慕,四姑也是满脸荣光。

庚子夏日,我带父亲到承德玩,就住在四姑家。四姑和四姑夫被女儿接到城里,女儿换了新房,旧楼留给四姑。我问四姑是否习惯,四姑笑了笑,说挺好的。四姑犹如披尖草,在哪里都能生长,我的问话显得多余。

两人并没有闲坐,四姑在女儿的公司做饭,四姑夫看守库房。次日清早，四姑刚把早餐端上桌，四姑夫就要走，说不吃饭了。四姑则要四姑夫吃了饭，四姑夫说不吃了。四姑又说少吃点，语气重了些，不是命令式的，满是关切。四姑夫仍说不吃了，他没有不耐烦，边往门口走边望着四姑，走到门口，没有马上推门，恋恋不舍似的。四姑嘱咐他路上小心，四姑夫这才离开。

不过是夫妻间的寻常对话，于我却有着海啸般的冲击。我想起四姑出嫁的日子，她吞咽郁忧、强装欢颜，而此时此地，她的神情和话语有一种发自内心的疼挂，平淡、自然，然有着陈酒的味道。是时间催生了爱情吗？同甘共苦的岁月该起着催化作用，但爱情两个字实在是太轻太薄了。我想用一个更有分量的词，复杂、丰富、混沌，既冰冷又火热，既干硬又湿软，但是很遗憾，实在想不出来。四姑与四姑夫是两棵各不相干的树，婚约把他们移植在一起，互为依傍，互相缠绕，不知不觉长进了对方的身体，再难以区分剥离。也许把一个个日子摊开，才可以窥见其纹理。那不重要了，重要的是此时。又想，如果四姑嫁给另一个男人，她也会尽妻子的本分，死心塌地，踩着泥水往前走。守护家庭，在她也是天道。

# 姨　夫

## 1

回乡自然要看望二姨。在大炕上坐了不到十分钟,她便问,听说把你二姨夫写进了书里?我暗暗吃惊,显然读过小说的人向二姨通风报信了。在《秋风绝唱》里,我确实写过一个人物,没名没姓,只以二姨夫相称。但彼二姨夫不是此二姨夫,两人没有任何勾挂。我没向二姨解释,说不清楚。二姨没有质问我的意思,当然也没有惊喜兴奋之类,她只是好奇。但二姨的话却提醒了我,为什么不写写二姨夫呢?他的故事几箩筐。可故事太多也让人发愁,从哪儿写起呢?

从杀人开始吧。

夏日的夜晚，一弯残月挂在树梢。二姨夫手持利刃，穿街越巷，躲进黑漆漆的碾房。他点了一袋烟，吸了几口，匆匆叩在地上，用脚踩碎，将烟杆别进腰里。利刃像一条活蹦乱跳的鱼，二姨夫紧紧攥着。一条狗孤独地叫着，没有回应，叫声渐渐弱下去，终于被黑夜吞噬。这时，另一个声音由远而近，二姨熟悉这脚步。二姨夫闪出去，黑影在几米外站住，喝问，谁？二姨夫说我。黑影不会听不出二姨夫的声音，还是追问，你是谁？这是黑影的说话方式，霸道，轻慢，自然也有一点儿不踏实。二姨夫说，我就是我。黑影迟疑一下，又哦一声，然后朝二姨夫走来，深更半夜的，你在这儿干什么？二姨夫说，等你。黑影大笑起来，你又不是女人，等我干什么？二姨夫问，你想知道？黑影已走至近前，你什么时候变得啰唆了？二姨夫说，那我就利索点儿。那条鱼从二姨夫手里挣脱，径直穿进黑影身体，浓腥的血如玫瑰一样绽放……

对不起，我编了谎。那不是二姨夫的方式，他绝不偷偷摸摸的，即便是杀人。像《一桩事先张扬的凶杀案》中的佩德罗·维卡里奥和巴勃罗·维卡里奥一样，青天白日，二姨夫嚷得整个村庄都知道了。只是小镇居民没人相信维卡里奥兄弟会杀人，所以一句劝阻的话也没说，而我们村庄没人认为二姨夫开玩笑，他还没冲出院子，就被二姨揪住。二姨高出二姨夫一头，也比他壮实，论力气二姨夫不是二姨对手，但二姨夫喝了酒，跟发疯的马一样，二姨根本拦不住。况且，二姨夫手持杀猪刀，二姨还得腾出一只手抓住二姨夫的手腕。危急时刻，大表哥跑过来，抱腰拖拽，终于将二姨夫摁倒，那把杀猪刀也被表哥夺过去。

那一刻，杀猪刀显然是二姨夫的宝物。我刚刚放学，与陆续赶来的村民一样，成为二姨夫杀人的见证。我有些紧张，好像二姨夫杀人与我有多大的关系。

杀，在村庄里并不是多么凶恶的字，相反，带着让人想象的喜气，因为这个字总是与节日联系在一起，如杀鸡杀猪杀羊杀牛。屠刀自然也不是凶器，而是象征。父亲也弄了一把，又细又长，为此还遭到母亲嘲笑。一个没有资格上战场的人，就是佩带莫邪宝剑又有什么意义呢？不知父亲把刀藏在什么地方，记忆中，我家没杀过猪，那把刀成了名副其实的处女刀。我不知二姨家的刀宰杀过什么，当然，那不重要，重要的是二姨夫要用来宰人了，虽然暂时被表哥夺去，但二姨夫杀气腾腾，它就不是普通的刀了。

二姨夫要杀的是生产队长,二姨夫与他并无深仇大恨,起因是生产队死了一只羊,被队长弄自己家里去了。队长以为神不知鬼不觉,可没有不透风的墙。况且,在饥饿年代,人人练就灵敏的嗅觉,而二姨夫的嗅觉在全村都是出了名的。二姨夫并没有立即去队长家,他在等,或者说,他在嗅。他在估算时间,要在肉出锅那一刻推开队长家的门。要说,二姨夫是天才,计算得相当精准。但二姨夫没料到队长把门反插了。二姨夫叫了几次队长都没理会。吃肉的是谁呢?队长一家,还有队里的高干。二姨夫没有任何职务,连个小组长也不是,就是说二姨夫没有吃肉资格。队长当然有队长的理由,毕竟不是宰杀的,不过顺便解个馋。当队长还没这点儿特权?队长没回应,但沉默的门板就是队长的态度,你识趣点儿吧,这里没你的事。

二姨夫被激怒了。羊是公家的,死羊也自然是公家的,凭什么只有你生产队的高干可以吃,而别人只能闻味儿?谁给你的特权?心里没鬼,为什么偷偷摸摸把门插得死死的?二姨夫理直气壮地讨伐。

不知队长听见没,那一院子的人可是听得明明白白。没吃上肉的难免心怀怨气,可出于这样那样的原因,都把嘴巴关得紧紧的。现在二姨夫杀出来,他们当然希望二姨夫闹出点动静。所以，起初二姨夫是泄私愤，但在叫骂的过程中，已由私愤变成公愤。

二表哥回来了，二姨夫再无迈出门槛的可能。路过队长门口，我停了一两分钟，试图听到院里的动静。什么都没有。不知队长缩在家里还是躲到别处去了。不管在哪儿，我猜队长后悔死了，还有那些吃了肉的高干，都急得要吐出来吧。若二姨夫杀红了眼，怕就不是一个了。

我不知后来怎么解决的，是二姨夫被家人劝通了还是队长私下送了肉给二姨夫，如果还有的话。二姨夫没再杀人，也没再叫骂。二姨夫不是杀人犯，也没干过偷盗抢劫坑蒙拐骗的勾当，乡村技艺他没一样在行，八十多年离开村庄也没几次，但他却是村庄的头号传奇。

## 2

曾经的同事对吃的迷恋超过一切，得知邻家埋掉病死的兔子，报怨对方也不吭一声，拎上铁锹满头大汗地挖出来，烹而食之。虽非饥荒年代，却有永远饥饿的胃。不过，与二姨夫相比，他还是有所逊色。早年读《棋王》，我想若王一生遇上二姨夫，定会成为忘年交。

二姨夫有个功能强大的胃，这是他比别人嗅觉更灵敏的原因吧。屠刀被从案板下或皮囊里拿出来，二姨夫便能嗅到。他上门的时刻也把握得好，常常是肉刚剔出来，尚冒着热气。二姨夫是第一个买主，而且谁家杀猪他都要买几斤，绝对是金牌买家。

村里没几户敢如二姨夫这么吃的，不管不顾。日子讲究细水长流，哪能这么吃？尽管也流口水，可总能管住自己。二姨夫管不住，不，他从来就没有管自己。吃，永远是头等大事。若是付现款，二姨夫当然没有。但乡村的好处就是可以赊欠，可以用小麦、莜麦、胡麻等抵账。不但买肉买酒时赊，买桃买梨买苹果，凡是可以赊的，二姨夫绝对是最大的买主。二姨夫的名字出现频率最高的是在他人的账簿上。

可是，赊是要还的，我相信好多相关的不相关的人都替二姨夫发愁，赊下这么多怎么还得清？或许有人担心二姨夫会赖账。他没有破产的资格，可债务有崩盘的可能。二姨夫心里怎么算账的不得而知，他的口头禅是不能让嘴受苦。多年后，量化宽松、加杠杆等经济词汇出现在大众生活中，全世界都在搞，什么美国版欧洲版日韩版中国版，我甚为不屑，这不是炒二姨夫的冷饭么？二姨夫虽然不懂，也说不上这些词汇，但他的逻辑与世界的逻辑是一样的。就冲这一点儿，二姨夫绝对是高人。而且，他比好多国家都强。每当电视播这个国家违约那个国家赖账时，我就想，这些国家比二姨夫的信誉差远了。二姨夫口碑极好，虽到处赊欠，但从没赖过谁，最后都还了。对这样的买主，谁不欢迎呢？有一户人家肉质不好，买的人少，让二姨夫多赊点儿。二姨夫有求必应，哪怕是整头猪。

二姨夫的父亲给我祖父干过几年长工，批斗祖父时，工作组让二姨夫的父亲上台揭发，二姨夫的父亲款款上台，对台下的人群鞠了一躬，然后徐徐道来，咱不能胡说，他们一家对我挺好的，他们吃什么给我吃什么，从不克扣……没说完，便被轰下台。动员了几次，他仍是那句话，不能胡说呀。于是，彻底失去了揭发批斗的资格。我没见过二姨夫的父亲，不知他到底是个什么样的人，但就诚信义气，二姨夫与其父亲是有几分相像的。

## 3

娶媳妇绝对是乡村的头等大事，十三四岁就得张罗，就像现在的购房，若攒够钱下手，黄瓜菜早凉透了。更急躁的，儿子刚刚出生便开始物色，早订早踏实。但并不是所有的盘算都能如愿，打光棍者有，愁白头的也不在少数。二姨夫是五个儿子的父亲，是最该发愁的，但偏偏他最不当回事。表哥到了成家年龄，绕着弯儿跟二姨夫说起，二姨夫不紧不慢地吸尽烟斗里的老烟，又一下一下叩到地上。那一刻，表哥的心怕要提到嗓眼儿了吧。二姨夫直视着表哥，直截了当，想了？表哥如实说，想了，然后讲了谁谁定亲的消息。无疑，想给二姨夫施压。二姨夫哼哼鼻子，老子的媳妇还是骗来的。没有比这更厉害的炮弹了，表哥被呛个半死，从此噤声。

二姨夫貌不惊人，一贫如洗，能把高大丰满的二姨娶到手，自是有些超常本领，绝不是骗那么简单。二姨没那么好哄，二姨夫如此说，不过是锤杀表哥的依靠念头。

秋日的正午，二姨夫在自家门前碾刚刚收割的小麦。马和碌碡都是借的。包产到户后，二姨夫也分了一匹马，但早已被他抵押出去。全乡会战，表哥和别的劳力都去工地干活了，不然，这样的活儿无须二姨夫动手。乡长骑着摩托挨村检查，秋收在即，但修水渠是硬性任务，谁也不能搞特殊。几个村庄执行得不错，乡长相当满意。但进了我们村，乡长立时来气。谁让你碾场的？乡长很是恼火。

乡长脸上没记号，二姨夫当然不认识，当然，就是有记号二姨夫也不会发怵。他瞪着陌生人，火气更大，再吱一句，我就把你的头拧下来！乡长蒙了，还没有哪个村民敢这样和他说话。他没有阻拦，也没再吱声，这超出了他的经验和想象。但乡长十分生气，即刻赶到村部，把值班的村干部狠狠训了一顿。村干部讲了二姨夫是怎样一个人，自然多有渲染，乡长的气慢慢消掉。二姨夫成为全乡第一个顶风秋收却被豁免的人。

二姨夫并不是故意犯上，而是急等米下锅。麦收了，却不能收割，收割了却不能碾，二姨夫才不管谁下的命令，是什么样的命令。吃永远是第一位的，他只听肚子的号令。表哥个个健壮如牛，二姨夫功不可没。

虽然二姨夫不会写"理论"两个字，但那些想法是配得上这两个字的。吃饱了，儿子各奔东西，各自娶妻成家，这个时候，村民才意识到，二姨夫了不起的地方在哪里。

## 4

冬闲时日，村里总要唱几天二人台，年年都是那几个曲目,《五哥放羊》《挂红灯》《走西口》《卖碗》等等。没有谁挑剔,锣鼓未响,已是里三层外三层。板凳自带,因为没有戏台,后来者须站到凳子上,拽长脖子。若是夜场戏,还需要一个挑火球的。除了照明,火球还可取暖。球体是麻团做的,火焰弱下去,必须把火沉到柴油桶里,火球浸透柴油,像突然绽放的花朵,惊艳四座。

戳咕咚是乞丐的拿手戏,若是一人,边拉二胡边唱,若是两人,则一个拉一个唱。相比二人台,戳咕咚更自由,更随意,内容新鲜生猛。奸情、凶杀、阴谋、欲望,乞丐手握刀片,一刀一刀切割、抻长。在谁家门口唱,谁家给一勺面,要想听,就得跟着乞丐挨户转。在二姨夫家门口,戳咕咚总要唱得久些,至少三集连播。围观者晓得二姨夫慷慨,怂恿乞丐接着唱。二姨夫当然也乐意热闹。这意味着二姨要舀第二勺第三勺面出来。外祖母说,幸亏是你二姨,若换个女人,早被你二姨夫气死了。确实,我没听二姨和二姨夫为此吵架,不知二姨原本也喜欢热闹,还是在漫长的岁月里一点点适应了二姨夫。

二姨家成为村庄的中心和舞台,或许就是从那个时候开始的。

二姨夫是可以在村里弄个一官半职的,出身好,又有胆量，但是小组长也没当过。并不是没有机会，据说上面曾动员过他，他不应。他的心思从未在"仕途"上驻留。抽老烟，喝烈酒，听小戏，吹大牛，才是他想要的。一日一日地被生活碾压，他始终未被驯服，完全由着性子驰骋。老天爷呀，谁敢这样活？这样的惊呼我不止一次听过。我不知村民的言说是否传入二姨夫耳中，当然，就是听到，二姨夫也当耳旁风。

村庄的人渐渐外出，二人台很少唱了，戳咕咚也很难听到了，乞丐没有从大地上消失，而是和外出的村民一样进城了。城里油水大，他们才不稀罕在乡村讨食。没有变化的仍是作为中心和舞台的二姨夫家。不夸张地说，对整个村庄来说，二姨夫的大炕越来越重要了。

吃过早饭，不需要在田间劳作的人陆续去二姨夫家，玩纸牌，打麻将，或别的娱乐。后到的只好在旁边围观，当个参谋。或者，根本没有观看的兴趣，去那里只想知道天下发生了什么事，大事诸如谁入主白宫，小事如谁吃上了低保，电为什么停了，某某和某某在城里过在一起了，谁谁靠盗窃成为城里人，而谁谁要不上工钱急得要跳楼了，诸如此类。大事一带而过，小事都要咀嚼三五日，直到有更新鲜的。小事对于他们才是大的。吃下午饭的时候，他们陆续从二姨夫家出来，有的回家也是一个人，干脆就留下来，也不需要二姨夫允诺，说不回去了，二姨夫家的饭桌上就多一双筷子。夜晚，二姨夫家再次热闹起来，那些白日里忙活的，现在终于可以歇歇了，二姨夫家是不二选择，没有一个地方比二姨夫家更放松更具有视听价值。谁也不想被抛弃，虽然说不上被谁，是时代还是生活，抑或只是小道消息，但知道去二姨夫家绕一圈是有收获的，至少证明自己的存在。

二姨夫不玩牌，不用手机，不发布大消息，也不传播小消息，他只提供舞台，还有开水和老烟。二姨夫窝在角落吞云吐雾，常常被众人忽略，似乎只有他是不存在的。但他是真正的主角。

5

二姨夫还在路上，消息已箭一样射进村庄。提水的啊一声，桶绳松脱，水桶栽落井底。事实上好多人都被惊到了。像二姨夫这等没心没肺，刀架在脖子上都不会把吃进嘴里的东西吐出来的人竟然会得病，还是不太好的病，怎么可能？待二姨夫到家，院里院外已经站了十几个人。场面虽然不如他叫嚷杀人时壮大，但对一个没有加冕过的舞台主角，也够隆重了。

二姨夫仍是离开村庄时的样子，褂子披在肩上，手握着烟杆，或是刚磕掉烟灰，铜制的烟锅尚有一缕细烟。褐紫的脸，鼓凸的双眼，没有任何变化。面对长长短短的目光，二姨夫依然是一贯的玩笑口吻，怎么，这是要杀猪了？某人，就是提水那人，犹犹豫豫地问，你当真得病了？二姨夫不屑道，又不是怀了孩子，有什么大惊小怪的。原来是真的呀。立即有人问他为什么不留在医院治疗，二姨夫大大咧咧的，死也要死在家里。

那一年，二姨夫五十出头，被查出病，他甩掉表哥，从县城步行回到村庄。他没走过那么远的路，那是他的长征。据说像二姨夫这般什么都不在乎的，心宽阔如荒原的人极少生病，可二姨夫居然生病了，那些在他家炕上炕下吹牛娱乐的人都想不通。想通的只有二姨夫一人，老天爷收人，谁也挡不住。有人劝他好好治疗，他便以此作为盾牌。

他回到村庄的第三或第四天，一户人家的母猪病死了。没人向他透露，二姨夫还是知道了。谁都搞不清住在村东头的他，怎会获知村西头的事。这已经不重要了，重要的是人家刚把猪毛燡尽，还未开膛，二姨夫便进门了。那家男人几乎惊到，却漾出满脸笑，转转？二姨夫目标明确，割肉！男人慌了，这是母猪肉呀，吃了要犯病的。二姨夫说，我都是要死的人了，还怕什么？男人说，不是不给你，我不能害人。二姨夫说，少废话，我死不死与你没关系，你又不是阎王。男人急了，卖肉的地方多的是，镇上有七八家呢。可别处二姨夫哪赊得出来？二姨夫不说话了，蹲在门槛上抽烟。男人以为奏效了，劝二姨夫少抽点儿，酒也该少喝点儿。二姨夫腾地站起来，那还活得有什么意思？气氛就有些尴尬。二姨夫说，甭废话，割五斤。男人仍迟疑，这是母猪肉……二姨夫打断他，我欠不下你的。男人辩解，不是那个意思，实在是……二姨夫不再废话，自己拉了一刀。男人傻傻地盯二姨夫，半天方说，不要钱，母猪肉，原本也不打算卖的。二姨夫掂了掂，转身离开。

二姨夫前脚进门，男人随后追来，和二姨强调吃母猪肉的害处，解释他是如何阻拦而没有奏效。二姨又怎么拦得住呢？没有谁比她更了解二姨夫了。那男人事后讲，虽然摆脱关系，可那几天做梦都害怕。

二姨夫的病成了村庄的病，三三两两，本是闲聊，可很快就绕到二姨夫身上。关于二姨夫患病的缘由，每个人都有自己的看法，但归纳起来，不外乎抽烟喝酒吃不该吃的东西。如果家有酒缸，二姨夫没准二十四小时都要浸泡在里面。二姨夫这么糟蹋自己，比医生预估的期限可能还要短……

一年过去了，二姨夫仍结实地活着。

二年，三年……十年之后，二姨夫依然抽老烟，喝烈酒。人们惊叹，也分析原因，似乎没一条靠谱。如酒也可杀毒，二姨夫以毒攻毒，自我治愈了；如阎王爷怕他去阴间闹事，不敢收……靠谱的只是他仍活着这个事实。

八十一岁的时候，二姨夫再遭劫难。一块猪血肠卡在喉咙里。牙齿掉光了，但胃还结实。嚼不烂，他就囫囵吞下去，对食物仍如年轻时没有禁忌。谁料猪血肠不上不下，故意戏弄他。虽然尚能呼吸，面色不改，但家人吓坏了，当天便送到医院。医生说需要手术，二姨夫被说服住院了。他大约也意识到那块猪血肠没那么好对付。检查费手术费等加起来需交八万押金，表哥没带那么多，他给天南地北的弟弟妹妹打电话，让他们在规定期限内凑钱。

走得匆忙，二姨夫没带烟袋，蹲在病床上，既没烟抽，又没酒喝，喉咙里还卡了一块猪血肠，他烦闷极了。邻床的病人喝饮料，他这才意识到口干得要命，可表哥忙得首

姨　夫

尾不顾,没给他准备水。他的目光越过床头,再次落到邻床病人手上。能不能给我喝口?渴死了。邻床病人从床头拿起一整瓶,二姨夫摇摇头,我喝几口就行。邻床病人便把已经喝掉三分之二的饮料递给二姨夫。二姨夫灌下去,突然觉得喉咙空了。然后捋了捋,深深呼吸几口,确信畅通无阻。那块猪血肠被饮料冲下去了。他跳下床,穿了鞋,披了褂子,不想在这个地方多停留一分钟。邻床病人瞪大眼睛,不知在这个瘦老头身上发生了什么。

表哥忙着向医生询问相关事项,待回到病室,病床已空,表哥心想坏事了,并不知道二姨夫替他省下了八万块钱。那时,又一次逃离鬼门关的二姨夫已在去车站的路上。

# 陪母亲回乡

## 1

从公路拐下来,穿过一个叫林园的村庄,再走六七里,就是母亲的村庄。当然也是我的,十八岁之前我一直生活在这里。路上没见到人,两边的树木稀稀拉拉,远处的田野依然见不到人。几只麻雀飞过,速度极慢,似乎随时会掉下来。一棵树被啃掉了多半的皮,身子白花花的,令六月的阳光羞惭。母亲说,怎么没人管呀,我说管的人顾不过来。她肯定又想起放牛的糟心事了,虽然她现在不用放了。

到村口,我有意放慢车速。右侧曾经有一个礼堂,学校坍塌后,我们在那里上过一学期课。除了演出,礼堂还是批斗场所，现在什么都没有了，砖头都没留下一块。那是谁谁家吧，怎么成了这样？母亲问我。我是不需要答的，因为答不上来。像很多村庄一样，大半村民已经离开，进城或到别的地方谋生。新盖的房子皆用砖土封住门窗，老旧的房屋就被遗弃了，任由风吹雨打，热恋它们的除了野猫就是蜘蛛。母亲也没有要听答案的意思，她的兴趣在辨识上，喏，那是谁谁的房子，他还欠咱家五十斤麦子呢。我瞅瞅已经坍掉一半的房子，稍稍踩了踩油门。

进了村，路变得有些艰难，几天前下过雨——唯一没有变化的可能就是这条街了。在地势稍高、相对干燥的墙角坐了七八个人，这便是街道中心了。大道及小道消息都从这里散播出去，虽然村里有大喇叭，但人们更愿意相信"集散中心"的权威。村里没什么秘密，谁和邻家女人有染了，某某两口子夜晚因什么吵架，谁家闺女傍上了有钱人，在这里都能听到。一些没事干的整日待在那里，除了吃饭睡觉。一拨又一拨的人离开了村庄，一处又一处院子长满了杂草，只有这个地方没缺过主角。如果我还生活在村庄，那里自然也是我的舞台，至少是一部分舞台。

母亲说停一下吧。我假装没听见,彼时车轱辘正碾过泥浆,比母亲的声音更大一些。过了一会儿,我说,反正要折回来的。

## 2

母亲站着,神色与出发时没什么不同。她竟然没晕车。她的身后是村街,村街上缀着灰暗的房子和院子,她左右看了看,又看看我,惊疑滑出眼角,咱家的房呢?我差点笑出来,她就站在我家屋后。我说,你认认。母亲指着十几米外一处院子,疑疑惑惑的,那是?我摇摇头,甚为诧异,她能认出别人家的房子,怎么自己的反而认不出来呢?她十八岁嫁给父亲,生了三个孩子,做了二十多年的主人,怎会认不得自己的房子?母亲患有多种疾病,帕金森综合征,干燥综合征,但并没有到老年痴呆的地步。她显然不是开玩笑,她从未和我开过玩笑。她的样子很焦急,我忙指了指,这就是呀。母亲仍然疑惑,这就是?我忽然有些难过,很肯定地说,不会错的,这就是。母亲颤颤地走过去,从屋后绕到屋前,端详了一会儿,回头笑笑,还真是。门窗上钉着横一条竖一条的木板，房顶也盖了瓦，那是父亲的杰作。院墙没了，水井也没了踪迹，院里曾经有几棵树，现在也是光秃秃的。遍地杂草，难怪她认不出来。

母亲这里摸摸，那里触触。

我拍了几张照片，接下来不知干些什么。我站在几米远的地方，望着母亲的背影。那一年，生活所迫，父亲和母亲离开村庄，在北京西五环外，一住就是二十多年。二十年，母亲没回过村庄。除了自行车和三轮车，她坐什么车都晕，更怕丢了没人看得上的差事。她不得不回来，是城里不再需要她这个年纪的人了。父亲和母亲住在县城，回乡是我提议的。她一个人已经不能实现这个愿望。她没说，但我知道她想回来看看。这是她真正的家，在北京，包括现在居住的县城，就算是自己的房子，也摆脱不掉借住的感觉。我和父亲每每为修缮村庄的房子发生争执，父亲对我弃舍的态度非常不满。若是别的事，母亲会支持我，但修房子这件事，她坚定地站在父亲一边。

母亲摸索一遍，包括漏雨的小房。我说走吧，母亲恋恋不舍，我劝她到别处转转，然后抓住她的胳膊。

## 3

房屋正对的街虽不是主街，也有四五米宽，但现在能走的地方不足半米，其余是蒿子、披碱草的领地。我扶着母亲，以免被绊倒，或被披碱草锋利的牙齿咬了。有一处院落显然是住人的，一条黑狗又跳又叫。好久没看到陌生人了吧，狗极凶，几乎要挣断链子。我下意识地抓紧母亲，院墙低矮，黑狗蹿出来可不好招架呢。狗狂吠不止，主人却没露面。我问这是谁家，母亲说原来是……她支吾着，似乎努力在想。我和母亲转过院角，狂吠终于消停，她也没想起来。

我家院落西侧曾是一亩见方的水塘。水没了，塘里只有蒿子没有节制地生长着。母亲指着塘边说，丢的钱就是在这儿找到的。她的记忆又变活了，竟然能记清具体的位置。

我读小学三年级时，家里失窃，丢了一百三十块钱。在村里，母亲也算文化人，当过出纳、代课教师，兼当田间地头的说书人。那天，正在锄地的母亲心慌意乱，没有答应队长的要求说书。很快浑身酸软，锄也拿不起来，她以为感冒了,向队长请假并得到恩准。母亲双腿无力,往回走却没有拖拉。一进院,她顿时呆住。门锃被砍断了,被砍得面目全非的门锁耷拉下来。她冲进屋,看到同样被砍断锃子的柜。

那天,我记得很清楚,刚刚放学,我还排在班级的队伍中,一位常去我家串门的妇女猛地揪住我,几乎是将我拎出来,你家丢钱了!我还没站稳,她的话便抛过来。我呆呆地立着,不知是被她的话击蒙了还是被她复杂的神情吓着了。无疑,她带着关切,但又有竭力压制的兴奋,还有许多我说不明白的东西。它们混杂在一起,在她脸上如波涛起伏。我蒙蒙地往回跑,不知心跳更响还是脚步声更大。

院外站着三三两两窃窃私语的人,母亲在当院坐着,眼窝红肿,叠加的泪痕使她的脸有点走形,似乎突然间大了一圈。母亲说钱丢了,便揪住自己的头发。不知是惩罚自己还是头疼病犯了。

公安是黄昏时分来的,这个戴着大檐帽的人和我家还沾了点亲。他察看过现场,又到屋后走了一圈,有几个女人在水塘边低语,看见大檐帽立时闭了嘴。那个年代没下地干活、留在村里的没几个人。作案系两人,一人放风一人盗窃。持刀者系女性，还是左撇子，而且对我家熟悉。再往前一步就把窃贼揪出来了。但公安并没有这么做，搁下话便离开了。第二日凌晨，一百三十元钱自己回来了。其中六十块丢进院里，另外七十元放在水塘边，还压了石头。已经寻回，没有再追究的必要。其实，窃贼的身份父母心里已经有数了，但从未在人前提及。谁没有犯糊涂的时候呢？公安的家在另一个自然村，他大概也清楚乡村的复杂关系，点到为止，没有直接说出来。

七十年代末，一百三十元钱可不是小数目，失窃的后果是多年来我家一直被视作村庄的富户。其实，那钱是省吃俭用积攒的。父亲是木匠，在谁家干活就在谁家吃饭，自己的口粮就省下来。一个亲戚赶大车，常到赤城丰宁一带拉木头，省下的面经亲戚的手换了钱，四五年才积攒了一百三十块钱。钱被母亲装在袜子里，袜子装进包袱里，包袱放进柜里，柜又上了锁。三节柜只有一节上了锁，依然失窃。母亲不再相信锁，至少那节柜此后再没锁过。其实我也是个窃贼，目标是罐子里的糖。没了锁，得手容易多了。

我发动车时，一妇女快步过来，扒住车窗，问母亲，还记得我吗？她更瘦也更矮了，但很精神。正是当年把我

陪母亲回乡

从队伍揪出来的妇女。多年后,我开始写小说,明白了妇女神情里混杂的东西是什么。乡村的日子单调无聊,批斗会又不能天天开。来一个说书的,甚至一个会唱小曲的乞丐都是村庄的节日。特别是会唱戳咕咚的乞丐,为了让他多唱一段,一勺面粉要分几次给。我家失窃成了村庄的重要事件,虽没有花曲好听,却是无聊日子的作料。那兴奋里没有恶意,不过是欢愉的变形。

4

从水塘边的街往西北,走几百米就出村了。没看到鸡鸭,没看到猪狗。六月的坝上风仍然犀利,母亲有些趔趄,她停住,问,还走?这条路通往田野,田野靠着草原,再往北就是内蒙古地界了。村子北面曾是茂密的树木,现在只有那么几棵,看不出死活。我知母亲惦记什么,果然,折回来她便往西南方向拐了。三间红瓦房立在村边,在几乎是废墟的村庄甚是醒目。院外停了一辆货车,竖着两根拴牛桩,靠院墙的地方是羊栏。

房是弟弟的,现在住的却是别人。

或是这个原因,母亲稍有些理直气壮,径直把木栅门推开了。正在烧饭的女人呀一声，带着惊喜。依村中的辈分，我叫她嫂子。我和母亲被让进屋，她要倒水，我制止了。她说留下吃饭，我告诉她只是看看，看看就走。她看着我，似乎明白了我目光中的内容，招呼母亲上炕。母亲靠在炕沿，摸着墙围上的画。那是她画上去的。母亲擅画花鸟，所以她画的墙围只有一个主题。母亲还擅剪窗花，至少半个村庄的窗花都是她剪出来的。每年临近春节，夹着红纸的人频繁出进我家，母亲都是尽力剪好。但画墙围例外，她很少给人画，太费事了。弟弟家的墙围母亲画得最用心，当然画得也最好。她以为她的二儿子要在这间屋子住一辈子，事实上也就住了五六年。父亲和母亲搬离村庄不久，弟弟也进城开始了打工生涯。弟弟的第二个孩子是在城里出生的。倾全家之力盖起的砖瓦房让给村人借住，快二十年了。村里空房多，没有租费一说。

女主人说，还是你画上去的，都好好的呢。

其实母亲并不是检查画的，我明白。我不说。没有说的必要，更不知开了头往哪个方向走。在回村的路上，母亲告诉我，几天前她梦见我弟弟，她问他什么时候回来，弟弟叹息一声，说回不来了。之后她就惊醒了。我不屑又不耐烦地说，你怎么净瞎想呢。忙把话岔开。每每遇到弟弟的话题，我要么岔开要么怼她。我心肠冷硬不是一天两天了。

果然，从弟弟屋里出来，走了不到十米，看到左边空阔的院落和同样封着门窗的房屋。她说，这是谁谁家，还欠你弟弟二百斤小麦。她竟然气哼哼的，因为这二百斤小麦永远要不回来了。欠小麦的人离开村庄就失去音讯，女人都不知他去了哪里，带着孩子改嫁了。我说二百斤小麦，也不值几个钱，生什么气呢。我仍是不屑的，我知道什么样的口气和表情有效。但这次母亲没有偃旗息鼓，由小麦转到弟弟身上。他就不该借！我说已经借了，那怎么办？我试图阻止母亲，不想让她深入下去，那意味着我要回答她的话。

你弟弟想吃一顿烙饼，她还是自顾自说下去。烙顿饼吃吧，娘，弟弟这样央求她。母亲没应，她是个节俭的人，不然怎么会在那个年代攒下一百三十块钱？母亲为此一直后悔，虽然她后来给弟弟烙了无数次饼。看她有些刹不住，我提起那年跟她赶会，饿得都走不动了她也不舍得给我买一根油条。这招还奏效，她的嘴立时封住。然后，我漫不经心地讲弟弟和她打架的事。未成年的弟弟脾气暴，曾把母亲气得号啕大哭，我居心不良，可不搬出这样的事无法调和母亲的内疚。她不说了,我却有些内疚。其实该料到的,乡村的房屋、树木、花草、飞鸟,任何一样都能勾起她的记忆。我陪她回乡不是让她顺心么?想到这儿,我平静地说,他过得好就行了。弟弟在他国做生意,母亲好几年没见他了,不可能不惦念。很多时候,我觉得自己残忍,但生活如此,我无力更改。我能做的就是转移注意力。比如现在,我接着问她,去不去我二姨家。

## 5

二姨家炕上围坐一圈,地上也立着几个人。每次到二姨家都是这样,家里一堆人,不是打牌就是打麻将。我的童年时代,她家就是红火热闹的去处,类似于乡村俱乐部。见来了客人,一帮人哗地散去,虽然我一再说你们玩你们的,只有一个和母亲关系好的女人坐了一小会儿,借口做饭也离开了。

屋里只剩下二姨、二姨夫还有我和母亲。二姨夫抽的是自种的老烟,那么大的烟锅,他一锅接一锅地抽。我呛得咳嗽几声,搬了小凳坐在门口。

二姨先嫁到这个村,母亲嫁过来,自然有二姨的因素。

乡村伦理的线横盘竖绕,但追寻起来都有源头。虽是姐妹,性格却不同,过日子的风格更是相差十万八千里。母亲异常节俭,烙饼总要给油里兑一些水,过年过节的食材基本是自产,只有一年破例买了一斤葵花子,还被父亲炒煳了。父亲从无炒瓜子的经验。二姨家就不同了,西瓜上市吃西瓜,苹果上市吃苹果,没有现钱,均用口粮换。冬天是杀猪的日子,谁家杀了猪,二姨夫都要去割一刀肉。从未有富得流油的时候,但从不苦嘴。二姨和二姨夫均是乐观豁达之人,似乎没有什么事让他们发愁。农村人最发愁的儿子娶妻,两口子没帮任何忙,几个儿子都是自行解决,没有一个光棍。

  母亲和二姨说话,我在微信上发了几张照片。我想用一个标题:破败。但写上之后又删掉了,生于斯,长于斯,我不愿用这样的词形容它。塌陷的房屋,长满杂草的街道,没有树木的树林,独自吃草的驴——这张照片拍的是欠弟弟二百斤小麦那家院子,还需要什么标题呢?发了不久,便有十多条留言。留言基本都是赞美的,好像我的村庄是天堂。有一友半开玩笑地问,这么好的地方,你为什么要离开?

  我有些恍惚。没有回应,没做任何解释说明。我又浏览了一遍所发的照片，竟然有些吃惊。自己也觉得美，似乎比记忆中的还美。那时，我并不知道，我的村庄两年之后将迁至另一个地方。她的破，她的美，她的流言蜚语，她的是是非非将不复存在。我有点困了，靠在门框上，听着母亲和二姨有一搭没一搭地闲聊。墙下风弱，日光也柔和了许多。那一刻，我挺享受的。

那是幸福的日子,

坐在安静的书房,

穿行于异彩纷呈的世界

## 我和祖奶

距村口尚有百米,我让出租车停在路边。并非故意摆姿态,我不是回乡省亲的要人,没那个必要。只想走走,若不是背包太重,从营盘镇到宋庄这十多里的路,我就步行了。

显然有些日子没下雨了,路两侧的车前草、蒲公英、苦苦菜、牛蒡、苍耳、车轴草、萹蓄、披碱草灰头土脸的,喇叭花和马莲花倒是开得正艳,多半是清早才绽放,灰尘也怜香惜玉,离得远远的。喇叭花有粉、白两种,马莲花则是纯一色的蓝,叶片中间浅灰色的纹带上,黑蚂蚁窜上爬下。蚂蚁喜欢在马莲花的根部做窝。我想,这可能与人类依山傍水的理念一样。

午后的村庄，街道出奇地安静，一条黑狗在树下卧着，我的脚步惊扰了它，但它只是瞄瞄我，便又将脑袋扎进怀里。它远比我想象的友好。一只芦花鸡走走停停，不像觅食，似乎失恋了，垂头丧气的。几声驴叫从村外传来，突然、放浪。我自认是村子的一员，却始终分辨不清草驴和叫驴的声音有什么区别。

望见那处灰白色的院子，我放慢脚步。也许祖奶在睡觉。隔墙望去，她果然在椅子上仰靠着。日光透过树冠洒落到她身上，就像给她披了件碎花外衣。她面前放了张方桌，只刷过清漆，木头的纹理清晰可见。没人说得清方桌是什么年代的，就如没人猜得出祖奶的年龄。玻璃杯泡了几朵开了黄花的蒲公英，淡淡的香气飘荡开来，空气湿润了许多。

我正犹豫现在进去，还是再等一等，祖奶说话了，探头探脑的，干什么呢？我这才推开木栅门，笑嘻嘻地说，以为您睡着了呢。祖奶坐直，你没到村口，我就听见了，坐车回来的？我并不吃惊，虽然岁月在她的额头和眼角刻了无数痕迹，但她的腿脚依然硬朗，一程走三四十里不带喘的；耳朵尤其灵敏，听音辨物，于她不仅仅是能力，还是生活习惯。

祖奶指指对面的椅子,说清早听见喜鹊叫,我就摆上了。我笑着,您可真是神仙啊。蒲公英也是给你泡的,祖奶说,败火。我问,您呢?这么热的天,要多喝水。祖奶笑了,我只喝酒,还不快拿出来!我顿作不安状,走得着急,忘带了,下次吧。祖奶的目光扫过我的脸,还想哄我?我的鼻子不比耳朵差。我打趣,您该去公安局工作。

我从背包里掏出纸盒,撕开。没有名字,那是在酒厂我自己调制的。只有两瓶,每瓶350毫升。祖奶拿了两个白瓷酒盅出来,另有一碟醋泡黑豆。我一斟满,祖奶喝了一小口,说,好酒!我没说那是什么酒,没必要。祖奶喜欢饮酒,就是二锅头,也照样说好。

边喝边聊,有一搭没一搭的。重要的不是内容,而是形式。失恋,被人踩绊,勾心斗角,疲惫不堪,焦虑得难以入眠,我就逃回宋庄。我不会像别人那样把满腹的苦痛、懊恼、悲愤、忧伤倾倒给祖奶,和她说说话,那些不快就会过滤掉。

没有话的时候,我和祖奶就默默喝酒。不觉沉闷,更无尴尬。偶尔会传来驴的叫声,母猪的哼声,赶牛人的吆喝,女人呼喊疯跑的孩子,让人体味着世界的宏阔、生机、静谧、安详。

祖奶生于清朝末年,年少随父母从河南虞城逃荒北上。父亲是锢炉匠,她是学徒。父亲本想送她进宫当细匠,尚未到京城,民国取代了大清朝。父女继续向北走,在塞外安家落户。祖奶改学接生,成为塞外最有名的接生婆,一生接引一万两千多人。祖奶并非我的祖母,她是宋庄的祖奶,是塞外的祖奶。

好吧,我老实交代,祖奶是我虚构的人物。在集中写作《有生》的数年里,我与她朝夕相处,加上构思、备料时间,达七八年之久。闻其声,见其形,睹其行,揣其思,杀青之时,竟恋恋不舍。她仍在塞外,而我仍有机会造访她,遂写下上述的臆想。

我一直想写一部家族百年式的长篇小说。写家族的鸿篇巨制甚多,此等写作是冒险的,但怀揣痴梦,难以割舍。就想,换个形式,既有历史叙述,又有当下呈现,互为映照。但如此结构似有困难,我迟迟没有动笔。某日小雨,我撑伞在公园边散步,边思考着小说的结构问题。看到前面一个人举着伞脚步匆匆,我突然受到启发,回家后立即在本上写下"伞状结构"。敞放,且有生长之势,所思融蕴。也许在天才那里,随便一想即可开花结果,于我,那是艰难的路。所以，那一刻我欣喜若狂。

还有叙述视角的问题。最初，我设定由鬼魂叙述，但想到已经有那么多小说均如此叙述，从胡安·鲁尔福《佩得罗·巴拉莫》到托妮·莫里森的《宠儿》，均光彩夺目，尾随其后，不只危险，也糟糕透顶。若由祖奶坐在椅子上，一边喝茶一边回忆又太简单太偷懒了。省劲是好，只是可能会使叙述的激情和乐趣完全丧失。小说家多半有自虐倾向，并非故意和自己过不去，而是对自己的折磨会暴发动力。这样，我让祖奶不会说，不会动——请她原谅，但她有一双灵敏的耳朵。小说写了她四月的一个白日和五月的一个夜晚，在这短短的时间内，讲述了自己的百年人生。另外五个视角人物均是祖奶接生的，当然，祖奶和他们不是简单的接生和被接生，如伞柄与伞布一样，是一个整体。

似乎说得有些多了。不管我如何挂念祖奶，告别是必然的，祝福她！

# 井

在记忆的河道中,井无疑是深扎于岸边的大树,纵然风雨剥蚀,依然以无法抵挡的姿态横空伸展,傲睨苍穹,每每刺破我的视线。

关于井的故事太多了。

记得上小学时,学过一篇课文《吃水不忘挖井人》,说井重要,但挖井人更重要,更了不起。没有挖井人,哪来的井?哪来的水?老师还引申,没有农民,哪来的粮食?没有工人,哪来的石油?天天摸黑吧。当时我很不以为然,我是个胆小的学生,不敢和老师争辩。以当时的年龄,我还没见过哪个学生胆大到敢和老师顶嘴。

我不以为然,因为在我的理解中,井其实就是个坑,深浅不同而已。在村子四周,在田野,甚至在村子的街巷,遍布大大小小的井。我就掉进过一次。刚刚下过雨,路面泥泞不堪,我经过一片水泽,忽然就沉下去。沉在水底的我听见大人们杂七杂八的叫喊。几分钟后,我被捞上来。霎时又淹没在训斥声中。走路不看着点儿,怎么往水坑走?那可不是白糖水,不好喝!从惊恐中逃出,那些训斥真的很好听很温暖。当然,也为自己判断失误而羞愧,几天前那里不过是个浅坑。

　　父亲打窖,常常打出水。窖是村人用来储存土豆白菜的。我们村没有那种窑洞似的窖,因为土质太差。只能挖一个坑,上面盖顶。选址时要在高处,背风处。但即使这样,仍有打出水的可能。我家有一口窖在村西,用一年就废了。四壁潮湿,窖壁已有坍塌的可能。换一个地方,也就一人深的样子,出水了。父亲懊恼地跳上来,坐那儿一口一口地吸烟。我趴在窖边,看着湿洇的窖底,也就一支烟的工夫,已经是一洼浅水,几乎能照见自己惊奇的脸。每年秋天,找一个不出水的地方打窖,是父亲的一大愁事。我记得他扛着铁锨和路人说的话,又白费劲了,挖个坑也出水。我帮不上忙,只沉浸在无边的幻想中。我不打井,打井太容易了,我打窖。铁锨挥舞,阳光四溅,一米,两米,三米……

我挖出一口又大又深的窖,能储存全村的土豆和白菜,而我则如燕子自由地飞上飞下……

如果我当时和老师理论,会是什么结果?我不知道,但少不了被训斥。书上没错,老师没错,我没有多嘴是明智的——谁说识时务的胆小不是保护自己的好方法?

因为掉进水里的恐惧刻骨铭心,因为父母的一再告诫,我始终远离坑一样的井和井一样的坑。许多乐趣像秋日西风中的蒲公英失散而尽。村西有一大口井,约一亩半,村名也由此而来。井有多深?不知道,两台抽水机抽半天也仅仅抽去三分之一。据说,井底有一个水眼通向东海,这个传说为这口大井增添了几分神秘。水面永远深蓝,像一只巨大的望着天空的眼睛。一个退伍军人竟敢在这样的井里游泳,忽而潜入水下,忽而如浮艇仰卧水面。胆大的会点儿水的孩子在井边嬉戏,我只是作为一名忠实的观众站在数米外的台子上。那通向东海的水眼有多粗?一条鱼从东海游到这口大井得多少年?传说中的龙王龙女会不会发现这个秘密的水眼?我用想象掩饰着羡慕,那口井常常出现在梦中。梦里的我没有恐惧,像一条巨大的鱼翻上翻下。

稍大些,我对井的恐惧渐渐淡去,也渐渐品味到井对一个人，对一个村庄的重要。我那时干的最多的一项农活是拔野菜，喂鸡喂猪。为了寻找更多更丰茂的野菜，常常走出很远。炎炎夏日，口干舌燥时，便到近处的水井觅水。地里的水井多是石头垒起的，不深。我学着别的孩子那样，脚尖和手指插进石头的缝隙，一点点下到水面，先把帽子浸湿，再把帽子倒扣过来盛水。水里漂浮着杂草、昆虫、蝌蚪，隔着帽子吮吸，那些东西进不到嘴里。脏在饥渴面前不过是一页发霉的纸。能喝饱肚子，脏算什么？不干不净，喝了没病——老年人都是这么说的，像不像战场上的豪言壮语？南方大旱，我在电视上看到贵州某个村庄的村民在河道旁边挖滤水池，舀上来的水混浊不堪——我闻不见，那水必定是有味道的。——我忽然想起自己儿时下井舀水的情景。在生存面前，卫生是如此不堪一击。

村里有三口井，前街后街东街各一口，村子虽大，但足够用。水井旁是村子最繁闹的地方之一。除了挑水，人们能在那里传递想传递和获得想获得的信息。清晨和傍晚，叮当的桶声宛如驼铃响个不停。我的印象中，炊烟不是从烟囱冒出来的，而是从水桶中腾空。只有桶声响过，那一缕缕烟雾才慢慢悠悠飘向空中，像一个端着架子的老太爷。

年龄渐长，我开始出入井台。尽管每次挑半桶水，但已赢得大人的夸赞。夏天打水容易，冬天则费事得多。井台冻了厚厚的冰，井口在冰的包围中缩得只有水桶粗。看不见水面，打水全凭感觉，水桶是否落到水面，是否盛满。每次走下井台，我都要长长地舒口气。但有人在场时，我总要竭力装出轻松的样子，颤着扁担，一步一步走回家。再后来，村民都在自家院里打井，我家也不例外。依然不是很深，夏秋季浇菜，我一鼓作气能打二十几桶上来。对井的感情已丝丝缕缕，任是快刀也斩割不断了。谁能离了井？谁能离了水？

再后来——这是讲故事最常用的词汇，时间的跳跃沉积着人世的沧桑——我参加了工作，成了家。在最初工作的那个乡镇依然从井里挑水。那么，再后来呢？我进了城，每天喝的是自来水。水井远离了我，但我并不能远离水井。哪一个生命能够呢？只不过那个距离以看不见的方式存在而已。

看不见井，关于井的话题却更多了。每次回乡，井是绕不去或绕过去了，但总会因别的话题牵出来。2010年，我在坝上的一个乡镇住了几天。黄昏时分，我常到镇外和种菜的老人聊天。他说种菜的辛苦，生活的艰难，还有对井的忧虑。十年前，种菜只需打三十米的井，后来改打七十米。七十米的井用两三年就废了，他指着一座座红砖垒就的井房说，那都是废井。现在，他打的井都是一百二十米。以后呢？再以后呢？他没说，我的思绪却被他拽到时间的车轮旁，我望不见前方是什么，也不敢望见。每当看见井这个字，我都有疼的感觉。据说我生活的城市是一个巨大的漏斗——是井的另一种形式吧？我想起学过的那篇课文，如果老师再讲，我不会再把坑和井混淆。但我也许仍会不以为然。是的，没有挖井人，哪来的水井？可是没有水，纵然挖到地球的另一端也不能称为井。挖不出水的挖井人是否还能叫挖井人？

消逝的恐惧再次潜入心间。

# 村之鸟

世界地图上找不见我们村庄,中国地图上也找不见,尽管它很大。我们村庄的人能找见,从来不用地图,如果说有图,那是长在心上的,即使走到天涯海角,也能寻见回家的路。心中有图的除了祖辈生活在那里的人,还有那些鸟,它们也是村庄的主人。在我们村庄生活的鸟很多,有的寒冬酷暑都不离开,有的随季节迁徙,但都喜欢这个地方,否则就不回来了。

燕子是唯一大方地和人住在一起的鸟,大方得近于放肆。不只在屋檐下,还喜欢在屋内的脊檩上筑巢。随便出入,不分早晚,不要任何通行证。当然,它不会带生客入住,这一点,我们都很放心。对自己的品性,对我们关于其品性的赞赏，它了然于胸。另一方面，我们或许不了解自己，或许会干些偷偷摸摸的勾当，但它们知道得清清楚楚。据说，如果某家人性不好，燕子就不在其家居住。这个说法并不虚妄，曾经有户人家，以前住过燕子，后来没有任何一只燕子出入，那户人家确实有问题。不错，燕子还是道德评判者。燕子是候鸟，春天北返，深秋结伴南飞，因此是报春使者。关于燕子的诗歌很多。唐代诗人杜甫赋诗《归燕》："不独避霜雪，其如俦侣稀。四时无失序，八月自知归。春色岂相访，众雏还识机。故巢倘未毁，会傍主人飞。"杜牧的《村舍燕》："汉宫一百四十五，多下珠帘闭琐窗。何处营巢夏将半，茅檐烟里语双双。"对燕子的喜欢不独今人。那时，我还没读过这些诗，我们村庄的人也没读过，我们不会赋诗，对燕子的喜爱自有自己的方式。这点也算我们村庄一绝。比如关于电，我们村庄用公母来区分，打雷是公电与母电相撞。我读中学时，脑里仍有公母的概念，半个学期才被物理老师纠正过来。公与母，正与负，或许只是名称上的区别。一个顽皮孩子掏了燕窝，不仅父母呵斥他，整个村庄都呵斥他，并不因为他是孩子而轻易谅解。有的家长不让自己的孩子和他玩，逻辑是燕窝都敢掏的孩子长大还了得？这种直白的表达方式，这样的生活片段不可能像诗歌一样留诸后世，但直接表达了我们村庄的人对燕子的喜爱。据说，一只燕子一年会吃掉二十五万只左右的昆虫，我们村庄的人绝对说不上这个数字，但谁都知道燕子是吃昆虫的。诗人也罢，乡人也罢，只要对燕子好，燕子必投以回报——燕子重感情强甚于人。古语说儿不嫌母丑，狗不嫌家穷，曾以为是至理，后来发觉其中是有水分的。若说燕子不嫌家穷则是绝对没错。燕子每年春来秋走，住在家里的是不是去年那一对呢？我们村曾有人做过试验，捉住燕子在其腿部绑了一条细小的红线，第二年，飞来的燕子依然带着标志，可见燕子不会见异思迁。

在村庄常住的另一种鸟是麻雀。麻雀不像燕子那么灵巧，那么讨人喜欢。首先是懒，用我们村庄人的说法，是讨吃鬼。就说住吧，要么住在瓦片下，要么住在椽与墙体的缝隙，或在废弃的水井、茅屋借住，没个正经的家，不像燕子一口一口衔泥垒窝。即使孕育后代，麻雀也只是在临时的窝里垫些羽毛或柴草。所以，虽然和人住在一起，总是鬼鬼祟祟的，飞出飞进都躲避着人，做贼心虚嘛。还饶舌，嘴巴没个消停。关于麻雀的前世，有这样的传说，兄弟俩喜欢抬杠,睁眼就抬,吃饭抬,穿衣抬,看见猫要抬,看见狗也要抬,后来就变成麻雀,整日叽喳。别瞧麻雀懒,歪点子还不少,燕子南飞之后,它们常常占据燕子的窝,过一个冬天尚不甘心,燕子归来仍不肯离去。你看着吧,哪家燕子和麻雀打架,一定是麻雀侵占了燕子的巢。毕竟理亏,麻雀心虚气短,常常败北。麻雀也吃昆虫,但昆虫哪有那么多,尤其秋冬。所以麻雀吃得很杂,像佳一样,觅食也不光明正大,去场院偷,和主人的鸡抢,甚至从牛马粪里扒拉。麻雀容易上当,主要是一个馋。我们村逮住一个贼,问他为什么偷,他说饿得慌,没办法嘛。让麻雀答,也会这样吧。因为麻雀这些毛病,我们村庄的人不喜欢它,但麻雀没因此而离开,今天飞走,明天又回来。麻雀也笨,村中青皮捕麻雀,夜晚带着麻袋和手电到麻雀栖息的闲屋,只需将口袋张开,将手电光亮射入袋口,麻雀便纷纷顺着光亮飞进口袋。没见什么鸟像麻雀这样没脑子。后来读到屠格涅夫的《麻雀》,甚为震撼。小说写一只雏雀从树上摔下来,母亲——老雀护着它,结果吓退猎狗。那是一位母亲,和世上所有的母亲一样,勇敢无畏。麻雀是弱小的,但对子女的爱激发出藏在内心深处的力量。不由想起另一则故事:一位母亲带着年幼的儿子锄地,遇到狼。母亲拼死和狼搏斗,渐渐体力不支。她想,索性让狼吃掉吧,这样儿子就可以保全。谁想狼丢下放弃抵抗的她,冲向她的儿子。她终于明白,不打死狼,儿子就有性命之忧。结果是狼死在她的手下,她自己都难以相信。她救了儿子,也是儿子救了她。对麻雀,可能是我们误解了。世界总是存在着误解,我们村庄也不例外。

喜鹊善良而又孤傲。它不屑和人住在一起,即使住在村中,也是又粗又高的树上。抑或住在村庄四周的树林里,和人保持着距离。它的窝很简陋,马马虎虎,不像永久住宅,更像临时休息的驿站。这一点,很像小说中的侠客,行走江湖,居无定所。但它对人是善意的,从不和人作对,不给人添麻烦,它出现只为报喜。喜鹊在哪家院里一叫,哪家主人就会喜上眉梢。真有喜来吗?不过是心理作用,喜鹊的叫声是个喜兆,现在没喜,以后会有,今天没喜,明天会有。喜鹊一叫,喜悦的种子就落下了。所以,我们村庄的人喜欢喜鹊。一户人家的牛丢了,几天也没找见,一天早上,主人醒来便听见喜鹊叫,心中顿喜,认为找牛有望。牛是彻底丢了,但主人并不怪罪喜鹊,认为它也是好意。我们村庄的人都想邀请喜鹊来家里住,当然那是不可能的。只好把喜鹊的玉照请至家中。窗花上是一对喜鹊，墙围上是一群喜鹊，男女新婚买穿衣镜也一定要喜鹊登枝图案。至于脸盆暖壶等小物件就更不用说了。喜鹊满天飞，何尝不是喜悦满天飞？关于喜鹊的诗歌很多，如李白的《鹊》，皮日休的《喜鹊》。喜鹊的故事也很多，牛郎织女不就是在鹊桥上相会吗？《朝野佥载》还记载这样一个故事，唐贞观末年，有个叫景逸的人住在空青山上，住处旁边常有筑巢的喜鹊。景逸是个热心人，每次吃饭都要喂喜鹊一点儿。后来，一家邻居丢了布料，诬陷景逸，景逸入狱。一个月后，一只喜鹊站在监狱墙上喳叫，似乎在对景逸说什么。当天坊间传言将有大赦，狱吏问身边的人传言何来，身边人说有一个黑衣人在街上散布的。三天后，果然传来大赦令。景逸回到空青山，才知道那个黑衣人是喜鹊变的。我们村关于喜鹊的故事没人记载，如传于后世，未必不比《朝野佥载》的精彩。某年寒冬，一牛倌从野外捡回数只冻死的喜鹊，打算炖着吃了，恰在村口碰见一个老人，老人大骂，喜鹊肉都吃，就不怕老婆跑了？这样的逻辑也是我们村庄一绝。牛倌终是没吃，被老人威慑，还是怕吃跑老婆，不得而知。不知喜鹊知不知道这些，它们对所有人都是

村之鸟

一个声调,喳,喳,喳……

在我们村庄及村庄四周的树林、田野、草地生活的鸟还有很多,乌鸦、布谷鸟、猫头鹰、雁、鹞鹰、百灵、画眉、野鸭,它们一样是传奇的。有了这样的传奇,村庄才成为村庄。但如今,它们从我们村庄消失了,不知去了什么地方,它们成了我们村庄的传说。

## 一座城，一个门

　　说到山城张家口，不能不提大境门，而谈到大境门，自然要说到张家口。大境门是张家口的标志和符号，但如果仅仅将大境门看作一个标志，又太简单了。大境门是生长在张家口身体上的，当然，"生长"是由张家口的特殊地域决定的。大境门对于张家口的重要，标志和象征是表象，更神秘的在于，它是张家口文化血液中不可或缺的营养分子，参与、影响甚至预示着山城的命运，犹如一个人的基因密码。

　　我曾在张家口生活了六年，不长，两千个日夜。我住在西太平山脚下，每年夏季，打开后窗，凉爽的轻风挟着花草的清香穿厅而过。如果不出门，每天清早或傍晚，我必爬登太平山。若是累了，就在朝阳亭歇歇脚。朝阳亭建在绝壁之上，站在那里可一览山城全貌。张家口三面环山，清水河穿城而过，像一个狭长的沟壑。春天，三山翠绿，格外养眼；金秋，枫叶如火，令人神往。大自然的笔墨，总是那么不偏不倚，恰到好处。朝阳亭往北数百米，就是绵延万里的长城，大境门嵌于其间。我在山上绕一圈，再从大境门下山，永远不变的路线。每次走过门顶，都要朝北远望。彼时，总有一丝沧桑划过心间。

张家口距北京二百公里，是塞北大漠进入中原必经的通道，独特的地理位置决定了它的重要。元明清三个朝代均定都北京，张家口是京西北的门户。作为军事重镇，战争，自然是如影随形。

一个遍布刀伤和枪伤的城市。

无可遁逃。

张家口别称武城。在这块地界上究竟发生过多少场战争？史料没有确切的数字。因为战争战乱，所以修建长城。战国、秦、汉、南北朝、唐、金、明等朝代都曾在张家口境内修筑过长城，总长约一千五百多公里。当然，许多长城只剩下遗址，或只是隐在文字背后的影子。烽火熄灭，狼烟消逝，但刀痕犹在。

华夏史上最早、规模最大、影响最深远的战争发生在张家口，史称阪泉之战与涿鹿之战。阪泉之战发生于炎帝部落与黄帝部落之间，黄帝战胜炎帝，形成黄炎部落联盟；涿鹿之战发生于黄炎部落联盟与蚩尤之间，蚩尤大败。虽有传说成分，但战争的性质不容置疑。学者们看重战争的意义，但并不能改写战争的含义。人的童年记忆或许模糊，但影响深远。阪泉之战与涿鹿之战，应该是张家口的童年记忆吧。

土木堡之变，也发生在张家口，是明朝与漠北瓦剌部落之间的一场大战。明朝的主角是明英宗和宦官王振。王振是蔚县人，据说兵败返京时，本来打算走蔚县，但王振怕士兵踏坏老家的庄稼，改走怀来。当然，缘由的说法有争议，但经土木堡是无疑的。其实，就算走蔚县，怕也难逃败运。从大军离京那一刻，失败已经注定。明英宗被俘，王振被杀，五十万大军覆没，留给后人一片叹息。

写战争或与战争有关的小说很多，如托尔斯泰的《战争与和平》，格拉斯的《铁皮鼓》，肖洛霍夫的《静静的顿河》。意大利作家卡尔维诺的短篇《良心》，也与战争有关。一个叫吕基的青年为了杀死仇人，参加战争。他在战场上杀死许多敌人，得了许多奖章，但始终没找见仇人。战争结束，他到敌国游历，无意中发现仇人踪迹，把对方干掉。吕基因此被捕，被指控为谋杀并被判处绞刑。先前杀人获嘉奖，后来杀人处以绞刑，只因先前是战争，有着某种集体性。但回顾历史，战争的发动者往往是一个或数个，是个人意愿，葬送的倒是群体。

野狐岭之战当属史上最惊心动魄的一战，发生在蒙古大军和金国之间。持续数月，极为惨烈。野狐岭在张家口城西北，俗称坝头，是内蒙高原的边缘地带。胜者当然是成吉思汗，且以少胜多。此次战争，文字记载甚多，难以否认，更难否认的是，它又给张家口留下一处刀伤，虽然刀伤可以让她更加成熟。

还有许多大战，我不想在此罗列。一路穿越狼烟和烽火，这就是张家口的历史。战争是个让人沉重的词，但战争也能激发人的智慧。童年时期，我特别喜欢的一部电影是《地雷战》。其中一个细节记忆犹新，民兵看到女友的长辫子，受了启发，解决了连接地雷的技术性问题。那时，我对他佩服极了。

传说最早的指南车于涿鹿之战期间发明。据《太平御览》记载，黄帝追赶败逃的蚩尤，蚩尤突施法术，从鼻孔中喷出浓雾，刹那间战场上天昏地暗，狂风大作，雷电交加，持续三天三夜。一个叫风后的人，制造了一辆指南车，车上站着一个小人，手始终指向南方，从而使黄帝部落冲出浓雾，取得战争胜利。

战争与文化不是近亲，但有血缘关系。对于张家口，这种血缘关系，表现得尤为明显。

堡就是战争催生出来的。张家口境内有上千个堡，仅蔚县境内就有八百村堡之说。有的堡历经风雨，至今完好，有的虽已不存，但仍有村镇沿用堡的名字，记录着堡曾经的存在。

堡子，《新华字典》的注释是有围墙的村镇。它最早最初的功能是防御工事，一般叫军堡。军人需要堡垒，老百姓更希望安全，除了战争，还有匪患，村镇之堡便蘑菇一样生长出来。

张家口市内有座堡，叫堡子里，始建于明宣德四年。堡子里是张家口的种子。当然，它是一座军堡，主要守卫北部长城。从北京到张家口往西，长城沿线有六十九座堡，如葛峪堡、马营堡、土木堡、膳房堡等，每个堡还有属堡，如堡子里下属高庙堡、四杰屯，葛峪堡下属趄柳树、张全、五家庄等。在长城之外，还有许多军堡，如蔚县的飞狐峪堡。

可见堡的重要,或者说军事的重要。

作为军堡,其功能主要是防御,因而必须坚固。不然,别说防御了,说不定几场风雨,就坍塌了。在史料记载中,还没有偷工减料的,更没有哪个军堡在建时或建好不久便成为废墟的,至少几十年内是坚固的,无论是青砖还是黄土垒就。我曾想象那个场面,该是何等壮美。在布局设施上,军堡自然处处从军事考虑,如堡子里四角各建一个戍楼,东、南门和西城墙上建有兼瞭望和御敌功能的重檐阁楼。堡内有中营署、守备署,其他建筑多是官衙、官邸、营房等,普通百姓闲杂人员不能居住,防止混进奸细。商人入住已是后话。堡的坚固当然至关重要,但人心的坚固更为重要。人心不牢,再高的墙也无济于事。从这个意义上说,城堡包括万里长城在内,构筑的是心理防线。

仗不是年年打,天天站在瞭望台上,瞭望的只是昼夜更替,四季轮回,紫燕飞北,雁阵南归。作为戍边将士,日子单调而清苦。曾看过一个关于飞狐峪堡的故事,飞狐峪把总地位不高,给养不足,官兵常这样吃饭:架火烤山药莜面饼。烤饼沾着灰,官兵们吃时就用手一打,再用嘴一吹。因而当地流传一个戏谑性的歇后语:飞狐峪的把总——三吹三打。这个故事的真伪无从考证,但兵丁生活清苦，可作为佐证或旁证。至少，对某些偏远的堡兵而言是这样。

当然，有的堡在建时就考虑到其功能的多样性。堡不仅仅是防御之城还是生活场所。日子需要调节，需要颜色，兵不需要至少官需要，官不需要，至少官属需要。所以，堡内有店铺、客栈、寺庙、戏楼。特别是寺庙和戏楼不可或缺。像涿鹿县广恩屯，仅五户戍军驻扎，也有一座观音殿。在他们心中，观音殿起到的作用或许比城墙更大些。而戏曲呢，不仅调节生活，还有教化功能，可以说是有堡必有戏楼。

在建筑布局上，城堡也很有讲究。如张家口堡的中心是鼓楼，楼分两层，由墩台和楼阁两部分组成，台基呈四角状，底层留四门，四门通衢，俗称四门洞。堡最高处是北城墙的玉皇阁，玉皇阁与鼓楼均在堡中轴线上。不同的堡，街道形状各不相同，有丰字形、井字形、田字形、棋盘格形、人字形、主字形等等。如蔚县宋家庄的街道为三横一竖，与正北的真武庙恰好形成"主"字，从堡门走出绕关帝庙又开左右两条大街，出堡，恰好形成一个"人"字，整个街道形成"主人"布局。堡从其外观看，是粗犷雄壮的，颇具北方大地的豪壮，走进堡内，会发现许多精致与秀美。如蔚县西古堡民居的窗雕，与徽雕相比，毫不逊色，集南方的阴柔精细与北方的阳刚大气于一身，令人叹为观止。

许多堡在岁月中渐渐消亡，只留下轻轻浅浅的痕迹，但仍有一些堡历尽风雨沧桑，面貌依旧。堡子里算基本完好的，如今是张家口老城区。特别浮躁时，我会去那里走走。街道不再平整，尽管不时传来吆喝声，但走在曲曲弯弯的巷子里，心确实能安静下来。我的一部长篇小说，一部中篇小说，女主人都住在堡子里，是她们的选择，也是我的选择。因为只有让她们住在堡子里，我才能走近她们，才能与她们一道走进张家口的纵深。

其实，张家口独特的地理位置和形貌，本身就是一个巨大的天然城堡。或许，这就是它的命运，必定伴随着血雨腥风。

如果堡写就张家口与战争相伴的历史，大境门则昭示了张家口的和平。堡门多数朝南开，大境门则通往北方，堡门不可随便出入，而大境门完全敞开。

大境门修建于清顺治元年，与山海关、嘉峪关、居庸关并称长城四大关隘。其实，明朝在修建长城时曾开筑一个小境门，在大境门往东约一百二十米。同为境门，一大一小，意义大不同。明朝修建长城，从心理上，对北方少数民族是提防的，当然有惧怕因素。而作为在北方崛起壮大的满清帝国，对生活在北方的民族也提防，但并不惧怕。这个"大"字，是策略，是胆识。战争当然不可避免，只一个噶尔丹，康熙就三次亲征，开门，是另外一种意义上的战争，是胆略智慧的对决。相比于金戈铁马的厮杀，另一种战争更见功力。

大境门的建筑材料没有多特殊，条石为基，青砖为体，门下马道平铺石板。门呈拱形，上面有四个遒劲颜体大字"大好河山"，1927年，察哈尔都统高维岳手书。

如果张家口是一棵树，大境门建成后，这棵树渐渐枝繁叶茂。大境门给张家口注入了营养。营养来自商业，来自著名的张库大道。

张库大道指张家口通往蒙古高原库伦城（今蒙古国首都乌兰巴托）的贸易运销路线，南起张家口，北向库伦，直到俄罗斯的边境城市恰克图，全长三千多公里。一扇门，一条路，一座城，互为因果。

最繁盛时期，张家口旅蒙业有数百家，既有南方客贾，也有北方商人，既有中国商人，也有俄罗斯、日本、美国等外商，既有小本经营的本地商，也有德恒美、永兴和、瑞兴和等大商号。经营的范围就更广了，主要商品有砖茶、绸缎布匹、米粟麦粉、纸张、烟叶、红糖、铁器、鞍具、小百货等家庭用品。与蒙古族牧民交换回的商品，有马、驼、牛、羊、皮、绒毛、口蘑及鹿茸、麝香、羚羊角等药材，与俄国人交换回的是毛呢、毛毯、天鹅绒、水晶石、赤金、银器等。五花八门，应有尽有。科瓦列夫斯基所著《窥视紫禁城》也描述过山城和商道，另一种眼光，关注点不同，但也写到了商业的繁荣。

辗转数千公里，那么多货物的往返，沙漠之舟骆驼是最主要的运输工具。曾经，大境门外，骆驼市场极为繁盛，每年交易量超七万峰。当时，仅向俄国输出茶叶一项，每年就需十万峰骆驼，向草原和西北输出商品，每年需一百多万峰骆驼及几十万辆老倌车。

驼队，一个传奇色彩颇浓的词汇。

想想吧，草原、戈壁、乌云、篝火、匪徒、狼嗥，随便扯上一点关系，就够说道半天的。似乎与诗意没有关系，漫漫的长路，单调的驼铃，枯燥的日月星辰，但就算是粗粝的风，被时间的手抚平时，也会让人生出向往。商道没戏楼，但商人有响亮的歌喉。我特别喜欢二人台《拉骆驼》，喜欢其旋律，也喜欢其歌词——狂野又质朴，蓬蓬勃勃。

没有大境门，就没有张家口的繁荣。

没有大境门，就没有那狂野的歌。

这是肯定的，但大境门重要不是因为这些，而在于其影响改变了堡的思维方式。

在坝上草原，有一种披碱草，多生在墙角、乱石、田间、地头。生命力极强，连根拔出，如果没被阳光晒枯，其根系会重新扎至地下。至于被踩被踏，根本没什么损坏性影响。披碱草叶片上有锋利的刺，不会刺到周围的植物或昆虫，但如果赤手扯它，手肯定会被割破。

张家口是另一种形状的披碱草，同样有着极强的生命力。我一直试图寻找张家口的底色，如果用一个字概括，我认为应该是"韧"。战争的烽火，让这块土地，土地上繁衍生息的人，具备强劲的韧性。数年前，我写有关"三祖"的文章，探访了涿鹿的几个村庄。一个村庄有口蚩尤井，据说蚩尤的大军曾在此休整。歪歪斜斜的街道，坑坑洼洼的路面，街角的石头上坐着几个清瘦的老人。他们不像我在别处见到的农村人，会好奇地盯着来客。他们漠然，淡定，一副见过世面，看透生死的样子。我觉得,他们面孔上呈现的,就是张家口历尽风雨的表情。

如果在韧字上再加一个字,应该是义字。张家口地处塞外,受草原文化与中原文化的双重影响。两种文化,不同方向,却有着同样的核心内容。大境门日渐繁盛,就是义字当先。彼时的商铺,有一个词叫"倒账"。倒账也叫"拨兑账"。因为各行业的货物、银钱往来都不是现金交易,只是落一笔账,到一定时候互相拨兑,这就是"倒账"。如皮毛贩子欠下皮毛栈的钱,是以钱行借款支付,钱行把款过户到皮毛栈,皮客买进货物,再由皮毛栈把钱过户到货主,货主仍把款存放在钱行。来往繁复,没有担保,靠的就是义字。

一方水土一方人。细想,世间万物,均有迹可循。战争催生了堡,堡庇护着人,也使张家口的思维有着某种守势,但这种守势并不是保守,因为它还有一扇通向远方的大门。这种守势,是一种稳妥。至今依然。行走在张家口大街上,会发现女孩的穿着打扮很前卫很新潮,让人惊讶。张家口是开放的,张家口人走得很远,但无论走多远,绝不把根拔掉,因为他们心中有着自己也未必意识到的堡情结。

## 坐车记

第一次看到"活"的火车是在银幕上,《火车司机的儿子》。我对电影故事着迷,更对飞驰的火车着迷。那时,我还是乡村少年,不敢想象有朝一日会登上其中一节车厢。那距我太过遥远,远到没有想象的可能。村里偶尔来一辆卡车,不止小孩,大人们都要围观议论。现在回想,许多议论荒谬可笑。曾经听过一则笑话,一个乡下人看到火车,惊呼,趴着都跑那么快,站起来跑还了得?其实任何人的思维都是有局限的,从这个角度说,谁不是井底之蛙?乡村人也是有大智慧的。后来,我看过许多与火车相关的电影,读过涉及火车的小说就更多。火车不再陌生,但仍然是神秘的。

在二十世纪七八十年代的坝上,牛马车仍是主要的交通工具。牛车多是单套车,马车有多套也有单套。向左向右,前进后退,吆牛喝马各有号令。牛马车我都赶过,当然都是单套车。坐牛马车的经历很多,印象最深的一次是和姨哥赶牛车去内蒙古的大姨家接外祖母。正值数九,地冻天寒,太阳不红,半青半白。出发时我还喜滋滋的,没多久便觉索然无趣。那头瘦弱的黑花牛长着弯粗的两角,却没有一点儿男子汉的气魄,蔫蔫的眼皮子都很少睁。姨哥嫌它慢,过一会儿便用鞭子抽打它的脊梁骨。它不急,也不恼,依然慢悠悠的。它横竖就这样了,姨哥也没了脾气。我坐在车的中间,身上围着两件白茬皮袄,可寒气依然悄无声息地从裤腿里钻进来,我的脚不知是冻木了,还是冻麻了,姨哥让我下来走走,我怎么也站不起来。姨哥半抱半扶,我才站到地上。走一程再坐,坐一程再走。景致单调,我直犯困。姨哥怕我睡着,扯着破锣样的嗓子吼二人台。姨哥会唱很多民间曲目,如《五哥放羊》《烂席片》《大钉缸》《卖碗》等。调子跑得拽都拽不住。词也记得不大准,一半是残曲。可在茫茫原野上,却别有一番滋味。我僵木的脸肌被姨哥唱活泛了,枯燥的路程因野性的音乐有了些许趣味。日出上路,待星辰满天后,姨哥极其兴奋地告诉我,快到了。我问还有多远,姨哥说已闻见饺子的香味了。可一个小时后,我方望见隐隐的灯光。姨哥没读过书,却懂得望梅止渴,这和他的乐观性子有关吧。后来姨哥随妻子到赤城山村生活,九十年代进城打工。酗酒、纵火、坐牢,闻之唏嘘。他赶得了牛车,却没驾驶好自己的命运之舟,万字难书。

我坐过最拥挤的长途汽车。为了写一篇清末坝上草原种植鸦片的文章,我到某村庄采访一位老人。大雪封途多日,天刚吊晴,多半的车都不敢上路。有一辆车其主人胆大,冒险出发。困了数日,急于出行的人也多。车主自是看准了这点。那是一辆破得不能再破的小客车,像刚从战场上逃难而来,瘸着腿,吊着绷带,随时要散架似的,这样的车也只能在乡路上跑。准乘二十人的客车拉了六十多人,车主高招迭出,竟然让司机的脖子上骑了一人。之后我说与朋友,朋友哈哈大笑,认为我开玩笑。他这一笑,我没说后边的事,那更离奇。快出县城时,一个后生拦住车,说他的父亲病了,今天无论如何得赶回去。车主为难地说,你瞧瞧里面挤成了啥,我实在是没办法了。车上的人也叫嚷着开车。可后生不管,他不朝车里看,就那么挡在车前。后生穿了一件窄小的皮夹克,一张嘴冒出如蛇的白气,可怜而又决绝。原先义愤的乘客也都缄默不语了。车主让后生想法，只要他进得来，他就拉。他亲昵地说兄弟呀，你以为我不想挣钱，可确实塞不进去了。我想如果司机的脖子上可以骑两人，车主也肯的。车主以为会难住后生，没料后生比车主招数还多。他让车主拉开车窗玻璃，然后一跳一扒，前半个身子便栽进来。过道水泄不通，他没法再挤塞更多，于是他就那么趴翘着，上身在车里，腿露在外面，臀部高高地撅着，一直撅到镇上。倒不是很远，但车驶得和牛车一样慢，近五十分钟后生始终保持着那个姿势，着实不易。虽然窗户开了半拉，可冷风游走，整个车冰窖一般。没人喊冷，谁也冷不过后生。也没听见哪个姑娘媳妇抱怨，能挤上来都是幸运的。我在镇上下车，然后步行到村。从拥挤中挣出来，行走在茫茫雪野上，更觉天空地阔。

后来，坐火车多了。

初次坐火车，在我参加工作的头年。放假期间，我到万全县找同学玩，返程乘火车，当然是绿皮火车。车厢比想象中窄小许多，乘客也多。空气中弥漫着复杂的气味，但我异常兴奋，没人在意我，我还是极力掩饰着喜悦，怕被人瞧出来。从孔家庄到张家口南，路程很短，短到想象还未及展开，短得没有任何故事发生。与火车的初次亲密接触，如尘埃飘落，匆匆而过。

几年后，我终于过足火车瘾。我到庐山参加一个笔会，从北京坐火车到南昌，头天上午坐，第二天下午到，近三十个小时。那是愉快而新鲜的旅程。我第一次到南方，贪婪地看着车窗外的村庄、树木、丘陵、田野，与坝上草原的景致完全不同。吃干粮都舍不得把目光移开。我的邻座是到北京旅游的一家三口，南昌人，回程带了只北京烤鸭。那只烤鸭挂在车窗边，一路荡着西风，飘着香味。夜幕降临，窗外被黑暗占领，我方恋恋不舍地回转头。男人和我聊起来，他很健谈，多数时间是他讲我听。他是广西人，工作在南昌，所以，他讲述的内容很丰富，既有广西又有江西。午夜过后，一家三口轮着在硬座上睡觉，虽然不舒服，但躺着终归好些。我只能靠着断断续续睡一会儿。三个人轮流睡过，男人执意要我躺一会儿。差不多两小时，也可能三小时，但至今难以忘怀。一个陌生男人用他的热心成全了我的美梦。那几天过得非常愉快，有些得意忘形，以为人人都如那一家三口般善良。返程下着小雨，我走过南昌火车站外的店铺，问卖伞女孩最普通雨伞的价格，她说十一。我掏出十一块钱，她却改口四十一。我愕然，不是十一么，女孩说就是四十一。我打算放弃，还未及反应，几个男人不知从哪儿闪出来，将我围在中心。其中一个粗暴地摘下我的眼镜。亏得几个一同参加笔会的朋友进来，最后花了二十元买下那把雨伞。站外一长溜大排档，满街长长短短的吆喝。我提议吃点饭，同行的湖南籍朋友说算了吧，车站太乱。离发车不到一小时，没有时间去外面吃，可我实在饿透了，便去街边买苹果充饥。几个乡下的小贩挑着筐，筐里是装好袋的苹果。那个又瘦又矮的男人拎着一个塑料袋，大声吆喝，三块了三块了。那袋苹果有二三斤吧，我说来一袋，男人极其利落地将苹果移到我手上，说六块。我问不是三块吗？男人说一斤三块，一袋二斤。又被蒙了。我想说不要，男子已经操起扁担。那么窄的脸，眼珠如核桃凸出来。结果是我妥协，不能误了火车，再说异地他乡，人地两生，争什么争？上火车不久，狼狈和不快迅速消逝，我沉浸在飞驰的喜悦中。

一晃，已经年过三十，又一晃，四十了，再一晃，离五十不远了。我喜欢旅行，飞逝的时间没有改变爱好的容颜。每年出多少趟门，自己都说不清。有时自驾，有时乘飞机，但更多的还是乘火车，安全，便捷。记忆中存储着许多与火车有关的故事。

那年冬天,我带着不到五岁的儿子去北京。返程已经临近春节。那会儿似乎还没有春运这个词,至少我没有听到。我知道这个时节坐车的人会很多,没料到那么多。起个大早,赶到三家店火车站,买票的队伍已经排到站外。还好,总算买到一张站票。待上了站台,看到黑压压的人群,心又吊起来。天渐渐亮了,早该到的火车根本没有影儿。再瞧周围,个个摩拳擦掌,大战在即的样子。短短的路,竟然晚点一个多小时。我随着人流往前挪,好不容易挤上车。过道是人,洗漱池边是人,厕所也被两个人占着。紧张的战斗刚刚结束,儿子突然说要撒尿。我带着他挤到厕所门口,和里面两位乘客商量,能不能让小孩上个厕所。其中一位往外移了移,腾出一块儿空地。另一位没动,没地儿动。那是个斯文男人,戴着眼镜,背着公文包。他没必要解释,但还是歉意地说,凑合着吧,只能这样了。我随儿子一起,凑合着方便了一次。男的可以凑合,女的就没那么方便了。我和儿子挪出来不久,一位女乘客就和堵在厕所的人发生了争执。我不知他们是怎么解决的,心思全在儿子身上,他困了。我席地而坐抱着他,挨我站着的人只得往旁边缩。或是看我带着小孩吧,没人和我计较。那是我坐过的最拥挤的一次火车。后来,我很少在春运期间出门,实在是挤怕了。

我不是浪漫的人,无论旅程几何,注定没有浪漫。但目睹过他人的浪漫。某次乘车,我旁边的男女乘客,先是搭讪,不久便投机地聊起来,几个小时后,没有到目的地的女乘客随男乘客下了车。他们的神情举止,俨然沉浸在热恋中。

我在旅途中很少搭讪别人。只有一次,不过那实在算不上搭讪,当然也算不上骚扰。打扰,更合适些吧。

在鲁院学习期间,我常乘夜里的火车回张家口。那次乘的火车到包头还是呼和浩特,忘记了。只记得是中铺,快到张家口时,乘务员叫醒我。我收拾好,爬下来,下意识地摸了摸裤兜,心突然一紧,银行卡不见了!我不习惯用钱包,卡贴兜装。没多少钱,几千块吧,但于写字为生的人这是大数。还好及时发现,我又爬回中铺,摸遍也没发现银行卡。后来摸见铺边的缝隙,猜想可能掉到下铺了。下铺是个女乘客,睡得正香,冒失叫醒人家怪不好意思,可不叫醒她就没有找到银行卡的可能。想着在不打扰她的情况下,先悄悄去她身后摸摸,找不见再叫醒她。这么做其实更不妥。犹豫之际,我半弓了腰,试图借着角落昏暗的灯光寻找。可能是我略急促的呼吸，也可能是我的动作，那女的突然醒了。一定把她吓着了，她腾地坐起来，叫，你干什么？声音并不是很高，但我听出她的惊恐与愤急。她也吓着了我。还好，她只叫了这么一句，而后只是瞪视着我。我稍稍退后，赶紧解释。她定了定，似乎在判断我是不是撒谎。她的目光锐利、幽深，似乎不但能穿透我，还有把我吸进深洞的可能。我有些慌，忙又解释。火车快到站了，我要下车，银行卡依然没有着落。她缓缓吐了口气，说，你吓着我了！语气没了惊慌，却多了羞恼。我忙着道歉，话还利索，差点就发誓了，也是急了。然后，她半信半疑地在床铺边摸，竟然摸到了，老天有眼！把卡递给我，她又说，吓我一跳。我谢过她，快速往车门方向走。火车已经停靠。我没敢说，我比她更吓，后背都是潮的。亏得找见，不然真是说不清。也亏她不是孙二娘的性子，不然，我或要吃嘴巴。

坐过多少趟车？走了多少里路？我说不上，也算不清。很像人生地图，在有意无意之间，清晰而又模糊。

## 师范岁月

1984是我人生中重要的一年,我考上了被誉为坝上高等学府的张北师范。听起来似显可笑,张北师范不过是一所普通中师,如今,本科都不算什么了,中师可以忽略不计,与文盲差不多。但我相信对于许多毕业于张北师范的学子来说,张北师范仍是重要的,那不仅是获取学历之地,还是青春和友谊的见证,桃开李绽,蜂飞蝶舞。张北师范建于二十世纪三十年代,如今已经不存。先是北院变成居民楼,后来南院也开发成楼盘,唯有那条街还叫师范街,那是它仅有的痕迹了。更多的记忆在一届一届学子的脑海中。

## 老师们

我就读于35班,第一任班主任是刘慧贞,她是我到师范认识的第一位老师。那年,她刚从大学毕业,年龄与我们相差无几,甚至看起来比我们还小。我报到得早,多半同学还没到,她来宿舍巡查,叫我打扫一下卫生。在我愣怔间,她说是我的班主任。是的,我没想到是这样一位女孩当我的班主任。那个年代骗子少,不然,我真以为她是骗子呢。我乖乖照办,班主任的话哪敢不听?还有,她的声音动听极了。刘慧贞老师教我们文学与写作,第一节课就把我们迷住了。她是万全县人,但普通话很标准,听不出一点万全味儿。她从头读到尾,教室鸦雀无声,真是掉一根针都听得见。我只盼她读得慢点再慢点。上刘老师的课,真是享受。

后来,刘慧贞老师辞去了班主任,我至今不明白怎么回事,是她忙着考研,还是忙着恋爱抽不出更多时间管理我们?抑或,学生的叛逆让她闹心?近三十年后,在河北农大工作的刘慧贞老师到石家庄出差,我和宝龙与她相聚。她的普通话还是那么动听,笑声还是那么爽朗,人还是那么年轻，就像时间不曾在她身上驻留。我没问她为什么辞了班主任，那已经不重要了。相聚甚欢，恍惚间，我又回到了1984年。

第二位班主任是史文彬，从尚义调过来，教我们生物。史文彬老师与我的普通话差不太多，不怎么标准，满口尚义味儿。史老师住在教师家属院，与我们的宿舍一排，因此下了课我们也常能看到他。史老师戴着眼镜，总是笑眯眯的，即便是训我们，脸板着，也不觉得他多么严厉。师范的课外活动较有特色，基本每个学生都参加了兴趣小组。晚自习前那一段时间，教室里极热闹，吹笛子的拉二胡的弹风琴的，自然影响了爱学习的同学。史老师就此事批评制造噪音的同学，这其中就有我。"人家嘴上不说，心里肯定埋怨，这个家伙舔的"，史老师说的是普通话，用词却是方言，听着直想笑，所以，一点儿不觉得他厉害。但他的话还是起了作用，自此，包括我在内的人收敛了许多。我调至张家口后，史老师已是张家口教育学院后勤主任，他见到我的第一句话是你比学校那会儿年轻多了。我说，您比师范那会儿更亲切了。

第三任班主任是王占平，教我们体育。张北每年举办篮球赛，师范队是实力较强的一支。那是我们的节日，每有比赛的夜晚,特别是师范队与其他队比赛,我们都会观看。赛场在张北东广场,那要走好远的路。王老师是球队的主力,不但投篮精准,而且动作潇洒,他起跳投篮,便赢得阵阵喝彩。因此,当有一场比赛他被裁判罚下场时,我极难过。比赛结束,我们结伴往回走时,没有一个人说笑,我知道同学们和我一样伤心。

　　王老师严厉得多,他身材魁梧,板着脸站到讲台上,着实让我们提心吊胆。我体育不好,每次上体育课都很紧张。王老师正式找我谈话,不是因为我的体育成绩,而是别的。晚自习后我偷偷在教室点蜡烛看书,被学生会查到了,那要扣班级的分数。学生会自是通报给王老师,他让我遵守纪律,按时回宿舍睡觉。怎奈那时我痴迷阅读,没有把他的话放在心上。原先熄灯后,我在座位上读。谈话后,我改在教室的后门,在蜡烛前挡了块板子,自认从外面很难看到烛光。某个夜晚,我正读得入迷,前门响了,我反应还算快,门被推开的瞬间,吹灭了蜡烛,整个教室陷入黑暗。这有点儿自欺欺人。我知道来人是王老师,大气不敢出,手心直冒汗。王老师站在前门的位置,我坐在后门的位置。他凝视着我,我迎望着他。其实,他看不见我,我亦看不见他,但我知道他就在那里站着,我能想象到他抱着膀子的样子,只是不知等待我的是怒喝还是斥责。那一刻,我挺后悔,我不该吹灭蜡烛,我认个错,王老师或许不会生气。可彼时我太紧张了,只是坐着,三分钟,也可能是五分钟,王老师转身离去,什么也没说。好像他不知我躲在后门,他只是与空气凝望。他没有当场戳穿,天晓得我多么感激他。

2002年,我调到张家口,同班的秦巨合调至市职中,我们与王老师经常聚餐,王老师乐呵呵的,不再让我害怕。他可能已经忘了那个夜晚,他不知道,那一晚沉淀在我记忆深处,有着玉石般的光泽。

高万云老师教我们现代汉语,在他上课之前,便听到了他的种种传奇。他是跟着哥哥长大的,在参加高考前,以放牛为生。因为困难,冬天没有棉鞋,每有牛拉粪,他便把冻木的双脚踩进去。没有比这更励志的故事了,他操着标准的普通话,在黑板上写下第一个字那个时刻,我甚至不敢相信,这么厉害的人会给我们上课。那真是我们的福气。

高万云老师学问做得极好,后来他调至张家口师专,再后来调至山东大学威海分校,直至退休。几笔难以陈述高老师的学术成果，百度上比我说得详尽。在此，我想说的是我个人与他的交往，百度上查不到的。

那时，我与武永祥、李进林都爱好文学，永祥与进林都极有才华，在校便写了许多诗歌，武永祥还发表过诗作，若坚持写下去，他们定会有不错的成就。只是各人选择不同，他们的抱负不在文学上。我亦写诗，常与永祥找高老师指导。高老师对武永祥诗作的评价是"奇"，对我的诗作评价是"巧"。我沾沾自喜，能写得巧也不容易嘛。后来，随着阅读的增多，我才意识到高老师照顾了我的面子。想象丰富，奇是对的，但巧就说不过去了。高老师没有打击我，不然，我的写作就失去信心了。他用心良苦，令我感激。

另一桩事发生在毕业后，他已经调至张家口师专，我去找他，他请我在酒馆吃饭。那个晚上，我住在了他家。那是师专家属楼，面积不大，我占用了他的书房。白天，《长城文艺》的编辑和我聊稿子，让改了之后拿给他。为了尽快交稿，我修改完，又重新抄写了一遍。整整一夜。我只想着自己的稿子，不知道这会影响高老师一家人休息。我以为做到轻手轻脚就可以了。清早，高老师问我一夜没睡是吧，我点点头。后来，我才明白过来，高老师也没休息好，我甚是内疚。

高老师退休后回到张家口居住，那次见他，他为了送孙子上学正学开车。对高老师，没有什么是难的，他那么聪明。

王守玮老师没正式给我们上过课，我在校刊《新苗》编辑部当编辑，王守玮老师是辅导老师，与他的接触并不是很多，但受他影响极大。王守玮老师与高万云老师一样，才华横溢，极具个人魅力。只要有他的讲座，阶梯教室必定爆满，他的粉丝实在是太多了。王老师讲《红楼梦》，妙语连珠，观点新颖，他从来不拿讲稿，整部书在他脑里装着，随便一个话题，就能说上两小时。

王老师能用简单几句话把深奥的问题讲明白，比如《诗经》中的赋比兴，他打比方"高高山上一根棍，舒服一会儿算一会儿"，"灰毛驴背条灰口袋，灰小子长颗灰脑袋"，非常清晰地讲明白什么是"兴"。他讲小说开头，从生活中来，"高三老汉怎么也吃不惯西红柿炒鸡蛋，酸不拉唧"。我至今记得，印象太深刻了。

我写的作文《情》，刘慧贞老师给了我96分的好成绩，并在课堂上用她美妙的声音读了一遍，后来《新苗》要刊用，我把作文本带到编辑部。恰那天晚上王老师辅导，他看到红批,哈了声,谁写的?这么高的分?旁边有人说我。王老师随即说,你能当个作家。王老师随意一说,连鼓励都算不上,但我铭记在心,并为此努力。王老师是有资格嘲笑人的,但他从来没有,这样的老师,走到哪里都会赢得尊重。

张北师范优秀的老师实在是太多了,难以一一讲述,我想每一个受他们恩泽的学生都会记得,人心的记录是最真实的,也是最好的著作。

## 图书馆和阅览室

图书馆和阅览室是我特别喜欢去的地方。

图书馆在教室的后边,也是石头房,或是因为位置的缘故,比教室灰暗,位置也偏些,不像现在大学的图书馆,是学校的标志性建筑。我至今不知道图书馆藏了多少书,只知三个三年也读不完。门口两排一人高的抽屉,不同的抽屉放着不同的卡片,借书先查看卡片。按规定,一人一周只能借阅一本,但一本根本不够看,每次还书借书都要磨半天嘴皮子。后来知道一女馆员是同学徐源的姑姑,我再借书时,瞅着她在才上前。我说自己是35班的,然后又补充，我是徐源的同学。她盯我片刻，说可以破例，但不是因为你是徐源的同学，是因为你确实喜欢读书。还问我一周读几本。后来借阅容易了一些，我特别感激她，正是她的破例，让我多读了许多著作。从《四世同堂》《狂人日记》《家》《春》《秋》到《巴黎圣母院》《复活》《战争与和平》《安娜·卡列尼娜》《死魂灵》《猎人笔记》等等，都是在那时候读的。我就像一个饥饿的孩子，来不及细细咀嚼，只管狂吞。

阅览室的位置比较靠前，就在通往办公室的甬道旁边。《人民文学》《十月》《当代》《收获》等许多杂志都有，我也是上了张北师范才有机会读到。每逢周六日，我都早早守在门口。既为了借阅想借的杂志，也为了占座。阅览室的杂志是不许带出去的，座位极其紧张。阅览室的老师每天拎手提包上下班，他原则性极强，不带阅览证绝对不能看报刊。准点开门，准点关门，若哪位同学不及时上交，他就会高声喊话，甚至过去抢夺。如果有同学窃窃私语，影响别人阅读，他毫不客气地呵斥。初识会觉得他不近人情，相处久了，会发现他非常可爱，也非常和善。

## 宿舍、操场

张北师范分南北两院,两院的大门并不相对,大约有八百米左右的距离。清早,人流由南院到北院,晚间由北院至南院。我相信,那是张北县城最独特的风景。北院是教学区,包括教室、办公室、实验室、图书室、阅览室、阶梯教室等;南院是生活区,包括学生宿舍、教职工家属房、操场、体音美教室等。

记忆最深的当然是宿舍,那不仅是睡觉的地方。一个人的性情,在宿舍里更本真更自然。宿舍的外墙用石块垒就,叫虎皮墙。我们称之为石头房。房间较大,可放八至九张床。钢管床,上下铺。原本是蓝色的,年代久了,漆掉了不少,有些花。我睡上铺,下铺是李进林。入学不久,我和进林便成了朋友。进林是张北小二台人,身世颇有几分传奇。他出生后便因某些原因被父母丢到村外,是他其中一位哥哥将他捡回来,尚有一口气,喂了点儿米汤,就这么活下来。每次在书上读到命大福大之类的话,我便想起进林。

初冬的一天,我受了风寒,半夜里突然一阵恶心,没来得及爬下床，便呕吐起来。整个宿舍的人都惊醒了，睡在下铺的进林自然受了连累，他的被子肯定被我弄脏了，但他没有任何不悦，关切地问我怎么了。然后，武永祥、赵永斌、裴俊荣，当然还有进林一道送我去医院。如果需要，我相信整个宿舍的人都会陪我。那一段，张北正暴发流脑，我也不敢大意，更难拂同学好意。步行到张北医院，单程要走半小时左右。值班的医生给我打了一针，说只是普通感冒。第二天清早，我照常去跑操。一桩小事，同学们或许都忘记了，但我没忘，现在记得，以后仍将记得。

　　二年级下半学期，我们住进了建成不久的楼房，还是上下铺，但人少了，四张床，八个人。重大的变化是宿舍敞亮了，干净了，带洗漱室和卫生间，再不用轮流去倒尿桶了，不用担心哪个同学迷迷糊糊中会将尿桶踢倒。当然也有不方便之处。那是于学生而言，原先熄了灯，我们仍要说半天话，关于老师，关于社会，关于世界。既有大道消息，也有小道消息。那是睡前的美餐。自住进新楼，这样的"福利"少了，因为学生会查得严了，哪个宿舍有说话声就要扣班级分数，为了不拖班级后腿，只有少说话。马克思说，事物都是一分为二的，有时想起，平房也挺好的。

师范的操场兼有公园的功能,南边和西边均长着高大的白杨。操场热闹,树林里是安静的,可以散步,聊天,或背诵什么。当然,最主要的功能是体育活动,早操、体育课、一年一度的运动会都在那里。

还有很多地方令人难忘,比如食堂,那既是吃饭之地,也是开会之地,新年晚会也在那里举办,至今还记得同学所跳的舞蹈《十五的月亮》,记得那些歌,记得那些相声。也是在那里,我第一次牵女生的手,学跳舞。比如北院两侧的报刊亭,比如收发室,还有那块写着收信人的小黑板。每一处每一样,都有故事。

一晃毕业三十多年了,感觉昨天才走出校门。白驹过隙,弹指一挥间。朴简之文,青春印记。

## 追着芳香走

我羡慕那些童年时代就饱览文学著作的作家，吮吸着丰富的营养，日后奇葩绽放似乎是必然。我没那么幸运。在我生活的村庄，书极为稀缺，整个小学期间，我读过的文学书籍仅有三本：《艳阳天》《草原铁骑》《封神演义》。前两本是我借的，后一本是父亲借的。我和父亲接力赛似的读着《封神演义》，这部通俗的传奇小说在一些作家眼里也许算不上真正的著作，但对于我，却是暗夜里的一粒星火，让我的眼睛发亮。我喜欢它的魔幻色彩，喜欢它似乎没有边界的打通时间和宇宙的想象。我初中时代第一次阅读外国文学作品：《吹牛大王历险记》。印象深刻的不只是吹牛大王坐着炮弹飞到敌人阵地，一枪击中七只猎物，让狼拉雪橇的奇特经历，还因为我是反着读完这本书的。这是同学借来的书，我在同学对面凑合着，乞讨似的读完的。后来，我才知道作者的名字：拉斯伯和毕尔格。我还羡慕另外一些作家，他们有一个了不起的外婆，脑袋里装满凶恶的大灰狼、善良的小绵羊、狐仙鬼怪等种种故事。我的外婆不识字，从来没给我讲过故事。

我不止一次地想，如果我的童年能读许许多多文学著作，如果外婆每天黄昏和夜晚讲故事给我……

随着和文学结缘、在文学路上磕绊行走，我渐渐意识到自己的幸运。那是不被注意的，却难以磨灭的记忆或经验。

乡村的自然风光浸润着我。那是坝上草原深处的一个村庄。村庄四周是大片的树林，白杨、红柳、小叶榆。一条土路从村庄背面蜿蜒北上，路两面是无垠的田野，田野边缘，土路消逝的地方是辽阔的草原。草原那一端是一条银带般的大河，大河身后是缓缓起伏的丘陵。春天，风从丘陵扑下来，在草原和田野上游走。夏天是色彩斑斓的，大河闪闪发亮，整个草原朝气蓬勃，蓝色的马兰，黄色的蒲公英，红色的鸡冠花，白色的韭菜花丛丛簇簇，争奇斗艳。

秋天是忙碌的，除了收割庄稼，还要打草，储存牲畜过冬的饲草。当年没有打草机，打草全用大镰，整个草原都是大镰的唰唰声。月亮硕大的夜晚，我常常拿着三股叉，在耕作过的地里翻刨漏网的土豆，极辛苦，但在挖出土豆那一刻喜悦如花绽放。冬天的坝上极其寒冷，一桶水放在院里，半夜就冻透了。一场大雪，往往把家门堵住，需要用铁锹开掘出行的路。这或许是我过滤了的少年乡村，它还有另一面，难以穷尽。并非刻意，美是会随着时间生长的，丰满、壮硕、繁茂。

外祖母不识字，十五岁就出嫁了。还是懵懵懂懂的她，深秋的一天，被外祖父牵着借来的驴从沟里驮到坝上草原，直到七十三岁去世，再未回过老家，再未见过她的父母。我稍稍懂事的时候，外祖母住在我家。有一年，老家传来信儿，她的弟弟，她出嫁几年后出生的弟弟准备来看她，外祖母为此兴奋不已。可能是大人们没人理解她的欣喜，可能是掩埋太久的如冰一样的孤独突然融化，我成了她的倾诉对象。她一次次向我描述她弟弟的模样，描述她和弟弟见面的情景，弟弟带给她的消息等等。毫无疑问，所有这一切都是她的想象。她每一次对想象的描述都不一样。我的外祖母不知道，我和她一样在想象。她的弟弟长什么样？他们见面将怎样抱头痛哭？外祖母会向她的弟弟诉说委屈和思念吗？外祖母会埋怨她的父母吗？我在脑海里构造另外的画面和故事。追溯起来，那是我最初的、没有落在纸上的作品。也是我最早关于人生，关于命运的思考，虽然主角只是外祖母一人。几年后，年近六旬的外祖母终于和她的弟弟相见，说实话，那场面令我泄气。外祖母落泪了，但没和她弟弟抱头痛哭，场面一点儿也不激动，波澜不惊。不是她想象中的相见，也不是我想象中的见面。我第一次明白现实和想象之间的距离。我甚至愿意用想象来代替。我喜欢那种在想象中驰骋的感觉。是的，外祖母从未给我讲过童话故事，她没文化，没有名字，她只知道自己姓焦。但她本人就是一个故事，一个我参与并无数次想象的故事。

也许对别人来说，我拥有的这一切，我的乡村，我的外祖母，根本不算什么，根本不值一提。就是对于我，如果我没有从事写作，也根本不算什么，根本不值一提。但写作成为我的职业，记忆中的一切便成了我的财富。或许，正是因为那些记忆和经历，我才有了写作的可能。

这是文学对我的恩赐。当然，文学赐予我的远不止这些。

我的童年是胆怯的，因为这种胆怯，我非常害怕夜晚。害怕一个人待在黑暗的屋子里，害怕一个人穿越乡村没有形状的街道，害怕听到猫头鹰的厉叫，害怕荒野上忽明忽暗的鬼火。我参加工作后，分配到一所乡镇中学，我的家在另一个乡镇，由于公路较远，回家时我常常抄乡间小道。那要穿越三个村庄，还有荒野、树林、坟地。一个晚上，我在没有路的路上独自前行，童年的记忆和恐惧忽然拥至。但恐惧并未持续多久，并不是因为我已成年，而是文学的灯火及时闪亮。我想成为作家，怎能害怕荒野和黑暗？这么一想，松弛的我有一种飞翔的轻盈。听起来有些荒唐，但确确实实，文学的芬芳让我成了另外一个人。

学校两个星期休息一次，周五中午放学，周日返校。有时为了读书，我一个人留在学校。初春的某个夜晚，我在办公室写作。休息日学校不给电，只能点蜡烛。校门距办公室一百多米，已有家室的教师住在校外的排子房，如厕需到学校。可那一晚，隐隐的烛光吓到了他们，他们止步于校门。校园在乡镇的西北角，院外即是田野和林带。

据传此处原是坟地,加之偏僻,发生过一些奇奇怪怪的事。解释不了,越传越玄。在那个黑漆漆的夜晚,细瘦的光亮让他们想到了别的。校长让开小卖部的乔姓老者前往探看,老者死活不肯。他不敢,别人就更不敢了。窃议一阵,各自散了。第二天一家属问及,我才知自己无意上演了一出聊斋。她说可把我们吓坏了,你不怕呀?我笑了笑。没有文学相伴,我独自一人多半不敢在空寂的校园待着,也待不住。

我没有把自己的一切掩在文学中,但文学确实影响着我。几年前,我从一个乡镇坐一辆小面的到县城,应坐几个人的车挤了不下十个人。途经一个村庄,五位妇女拦车。根本坐不下,我猜,那五位妇女也不会冒着危险挤进快要撑裂的面的。结果我想错了。车主想拉,几位妇女也执意要坐。于是,她们一个一个塞进缝隙,和车内的人粘在一起,成为肉块。其中一位妇女几乎是坐在我怀里的。没别的选择,除非我下车,可天色将晚,哪还有车?我异常恼火。又是文学抚平了我的情绪。听着妇女朴实的家长里短,我忽然意识到我闻见了最自然的烟火之气,也许是刻意追寻都得不到的。后来,我坐过比这还拥挤的客车。作家不可能什么都经历,但经历过的都有可能成为写作的资源;作家未必刻意体验什么，但任何绕不过去的体验都可能成为文学的养分。不错，文学嵌入了我的生活，是我的盾牌，又是我的利器。

　　文学给了我思索人生和世界的钥匙。毫无疑问，每个人都在思考，尽管领地不同，方向不同，兴趣不同，深浅不同。我很欣慰自己有这样一种诉诸笔端的方式。前辈们，我敬仰的一代代大师们已进行了独特的探索，开启了一扇扇门，但那有什么关系呢？门是无穷无尽的，还有无数的门在等着打开。每一扇里面都可能有别样的景致。文学的奇妙也在这里。我父亲是个木工，少年时代，我常干的一项活计就是和父亲拉大锯。父亲有意把我培养成一名木工，如果我没别的出路的话。他把树木锯成段，然后锯成板。锯时须把木段绑在树上，按着画好的线拉。我很怵这个，一旦锯偏就废了，就会招致父亲的责骂。一年之后，我就像个师傅一样得心应手了。没什么难的，有线嘛。作家在某种程度上和木匠一样，需要耐心，需要别出心裁，人生和世界鲜有画好的线，可是一定有一条或几条这样那样的线存在，寻找这样那样的线，也许就能看见并打开那一扇扇门。木板或成为桌子，或成为衣柜，都是事先计算好了的，而文学不能计算，那一扇扇门不能计算，文学的魅力也在于它的不能计算。每个作家都有自己的钥匙，我不知自己那一把能开启什么，也许什么也开启不了。重要的是，我有，我没停下来，追着芳香慢慢前行。

## 迷人之旅

博闻强记的作家甚多，比如博尔赫斯，比如蒙田，读其作品，哪怕是一则随笔，亦如穿行海洋中的飓风，深邃，广袤，令人迷醉，常常需要停下来，查阅书中提及的人名地名书名，而那一个个名字背后，是另外一番截然不同的惊艳风景。这样的书读得慢，却是享受的。我想，没有一个作家只读过寥寥文字，就去写作。莫言在某个场合说自己没读过几本书，我差点就相信了。后与京城一作家聊起，他说，哪呀，莫言读书之多记忆力之好，难以想象。我这位朋友写了篇小说请莫言看，莫言指出其中一段文字与某部外国小说相似。不但指出书名，还告之在第几页，这就令人吃惊了。朋友找出那本书，果然。原来没读过几本书，是人家莫言的谦逊。

我读书甚少,不是谦虚,是真的,少年时代仅读过两三本。另外一两本没有开头没有结尾,那是大人的卷烟纸,实在不能算数。第一次阅读外国文学则是上初中后,同学借来的童话《吹牛大王历险记》。在他人看来,那可能算不上真正的文学,但对于我,那真是大开眼界。正是这本残缺不全的童话,让我知道了想象的魅力。熏板肉钓野鸭,骑马穿窗户。几十年后,我仍然记得那些奇妙的故事。自然,这本薄薄的童话后来成为我藏书中的一册,也是那时,我才知晓其作者是德国人拉斯伯和毕尔格。在塞外小镇,在画满了刀痕的书桌上,彼时的我尚未意识到,这是迷人之旅的起点。那部童话是路口迎风摇曳的鸢尾花。

初中毕业,我考入张北师范。那是二十世纪三十年代建造的学校,教室的墙体皆为石头,不美观,但很坚固。功课不像普通高中那么多,正好有大把时间用来阅读,更重要的是师范有天堂般的图书馆。后来,读到博尔赫斯那句天堂应是图书馆的模样,我甚感亲切。

我至今不知师范图书馆藏书多少,进门十几米的厅堂沿墙放着一人高的柜子,上面密布中药盒般的抽屉,每个抽屉放着图书的目录卡片。面对如此浩瀚的书海,突然不知所措。不知哪本书是最好的,不知从哪本读起。第一本书借的是什么,已然忘记。我只记着拉开一个又一个抽屉,小心翼翼地翻着卡片。单是那些书名,就将我灌醉了,借什么,似乎不再重要。

后来,买了本《名著导读》,算是有了些头绪。

那是1984年,我尚不知现代派作家,读巴尔扎克,读雨果,读左拉,读狄更斯,然后找其传记。没有连续读一个作家的作品,真正开始借书时,才知道想读的书未必借得上。这本不行,那就另一本,总有别人借不走的。管他现实主义、浪漫主义、自然主义,饥不择食,顾不得营养,囫囵吞枣,塞饱就成。

开始读《死魂灵》时,我闻到了奇异的香味。不是说之前的作品没有,但混杂了些,难以辨识。而《死魂灵》的味道是独特的,我更为喜欢。究竟是什么吸引了我?语言?结构?故事?人物?叙述?说不清楚,能说清的就是小说中弥漫的气息,太具迷惑性。感觉很像恋爱,女孩是否漂亮并不重要,重要的是感觉,相貌平平,同样令沉陷爱恋的男孩神魂颠倒。读了两遍,在有限的阅读史上,这是第一次。然后读果戈理其他能借到的作品。一粒种子埋进去，可能发芽，也可能不会，但气息永存。也许只是一点，一点就足够了。

对俄罗斯文学的迷恋，就是从果戈理开始的，托尔斯泰、陀思妥耶夫斯基、契诃夫、屠格涅夫。有什么样的民族，就有什么样的文学，谁说的我忘了。我想，这句话可以反过来说，有什么样的文学，就有什么样的民族。

读托尔斯泰是从他的巨著《战争与和平》开始，然后是《安娜·卡列尼娜》《复活》。伟大的作家思考的永远不是文学问题，而是其他，尽管更多的读者是作为文学来阅读的。之所以伟大，也在此。所以，后来听到有人说托尔斯泰过时了，我很吃惊，就叙述、语言、描写之能力，随便一项，企及者甚少，所以后来者只得绕道走。绕道值得敬重，因为创造出另一种文学样式，但不能因此而鄙薄仍矗立在那里的山峰。托尔斯泰没过时，过时的只是看法。

陀思妥耶夫斯基当然也是高峰，初读就迷上了。遗憾的是师范期间，只读过《罪与罚》，借不到别的。一个大学生，一桩凶杀案，几乎就是通俗小说的情节，放在任何一个国家任何一个时代都不新奇，陀思妥耶夫斯基就是凭借这样一个故事,攀上文学的险峰。不服气,试试?

三年学业结束,我分配到乡镇中学教书。没有邮局,寄封信都要到别的乡镇。图书馆就更不可能了,阅读就此中断。可一旦痴迷,没有书的日子是很难受的。县书店倒是有书,但基本都是教辅类。偶然在书店仓库看到几本,那叫开心,而且,书很便宜。托马斯·曼《布登勃洛克一家》两册2.3元,哈代《远离尘嚣》1.55元,阿斯图里亚斯《玉米人》2.65元,这是我第一次拥有、阅读欧美作家作品。每有收获,骑车回校,感觉心都是飘的。

陀思妥耶夫斯基的《卡拉马佐夫兄弟》《白痴》《少年》《被欺凌与被侮辱的》均是这期间购得。陀氏作品自有风格,但每部作品又有差异,如果《罪与罚》是鞭子,随意抽打,那么《卡拉马佐夫兄弟》就是铁链,不知不觉被缚绑,被拖拽;而《白痴》则如钻头,直抵骨肉和灵魂。读完《白痴》的夜晚,我突然不会动了,久久在椅子上瘫着。那时我还住在乡镇中学的家属房中。房后是树林,树林后是田野,夜晚,常常听到猫头鹰凄厉的叫声。彼时,我耳边只有金属碎裂的声响。然后,极奇异地,就在金属的撞击声中,我听到了梅诗金和罗果仁的对话:

"罗果仁!娜斯塔霞菲立波夫娜在什么地方?"公爵突然翕动嘴唇说着站起来,觉得上下哆嗦不已。罗果仁也站了起来。

"在那边。"他朝帷幕那边一扭头,轻声说。

"睡着了?"公爵轻声问。

罗果仁又和刚才一样望着他。

"咱们还是过去吧!……不过你……得了,咱们过去!"

他撩起帷幕,站住脚,又向公爵回过头来。

"进去!"他朝帷幕里边把头一扭,请客人先走。公爵走到帷幕后面。

"这里暗得很。"他说。

"看得见!"罗果仁咕唧了一句。

"我勉强可以看见……一张床。"

"走近点。"罗果仁悄声建议。

公爵又跨近了一步……(上海译文出版社1991年,荣如德译)


寂静的世界只剩下梅诗金的心跳声。


你即将开始阅读伊塔洛·卡尔维诺的新小说《寒

冬夜行人》了。请你先放松一下，然后再集中注意力。把一切无关的想法都从你的头脑中驱逐出去，让周围的一切变成看不见听不着的东西，不再干扰你。（译林出版社2001年，萧天佑译）

如果不是卡尔维诺这个名字有足够的吸引力，我很可能将小说弃置一旁，选择自己喜欢的作家。很庆幸，我硬着头皮读了下去，这种游戏般的叙述，不是想象中小说的文字。小说怎么可以这么写？甚至可以说，我不是为了读，而是验证，看看这游戏怎么玩，能玩到什么程度。不知不觉参加其中，直至痴迷。折柳为剑，简直太厉害了。《分成两半的子爵》《树上的男爵》《不存在的骑士》，每一部都那么特别，挑战着过去的阅读习惯和思维。毫无疑问，如果错过卡尔维诺，就不会是真正的阅读者。卡尔维诺1985年在准备哈佛讲学时患病，主刀医生表示自己从未曾见任何大脑构造像卡尔维诺的那般复杂精致，对此，我深信不疑。或许，这是他不可复制的另外一种注解。

读卡尔维诺时，我已经调至张家口。买了一套译林社出的《卡尔维诺文集》。经济条件已允许我买自己看中的书，而且，有更多的时间用来阅读。那是幸福的日子，坐在安静的书房，穿行于异彩纷呈的世界。博尔赫斯、卡夫卡、纳博科夫、福克纳……有时，我会绝望，如果长四只眼睛就好了，两只眼睛睡觉，另外两只眼睛阅读。那么，二十四小时，都可以匍匐于文学中。每一本书走进书柜的过程都有一个故事，而每一部的阅读都有难忘的插曲。在读《喧哗与骚动》的那个下午，我被小说中的一个比喻惊到了："天上飞舞着一只黄蝴蝶，就像是一小片阳光逃逸了出来。"（上海译文出版社，李文俊译）我胳膊微微哆嗦，将桌上的茶杯碰翻。那感觉实在是太奇异了，不知是怎么发生的。待将桌面擦拭干净，我再次落座，小心翼翼地打开书，仿佛藏在纸间的黄蝴蝶会翩然飞起。当然，它没有，仍在那里。我万分惊喜，用笔轻轻画了一条线。我可能会忘掉班吉，但忘不掉那只黄蝴蝶，它牢牢地拴在了我的记忆中。

某个夏天，尚在北师大读书的张楚到石家庄，中午几个朋友一起吃饭，张楚用近乎忧伤的语调说，《撒旦探戈》写得实在是太好了，然后又补充，余泽民翻译的。马上有人询问，张楚没说更多，文学不是席间主题。回家立即上网下单,购买了匈牙利作家克拉斯诺霍尔卡伊·拉斯洛的《撒旦探戈》。

与《撒旦探戈》一样,许多作品是朋友推荐的,阅读的快乐因分享而繁殖。好书太多了,没有朋友的分享,或将错失。我不太信出版社的推荐,那有广告嫌疑。《蜗牛海滩,一只孟加拉虎》《毒木圣经》《逃离》,都是这么来的。那时,门罗还没有获诺贝尔文学奖。

未必每一本都带来惊喜,但总有一些散发着独特的气息,难以释手。我会立即下单,将作者所有的译作一网打尽。比如卡达莱。最先读到的是《谁带回了杜伦迪娜》,与《我的名字叫红》的叙述套路接近,初读没什么特别,但合上书卷,气息经久不散,我便知道中奖了。自然,《梦幻宫殿》《石头城纪事》《错宴》《亡军的将领》,作为重要的藏书,在书架上占据着醒目位置,盛宴变长宴。而喜欢上卡达莱,东欧书系里的那些作家都变得亲近了。

与作家朋友聊天,他说好书太多了,根本看不过来,所以他决定只读几个作家的书,每年只读两三本。别人的创造永远是别人的,不属于你。这话是对的,而每个人都有权选择自己的阅读方式,谁也不能苛求谁。

我还是喜欢涉猎广些,为何沉溺于一处风景?也许一处就可以吃饱，嚼出他人嚼不出的味道，汲入他人难以汲食的营养。对此，我是钦佩的，但博览风景，多品美味，谁说不是享受呢？当然，这并不意味着，没有选择。就连买书，也比过去挑剔。比如看出版社，看谁翻译的。同样的作品，不同的翻译，差别极大。福克纳的书，我更喜欢李文俊的译本。

旅店的过道逼仄、潮湿，两侧的墙皮多有脱落，就像一处处疮疤；虽然上端有两扇窗户，但并不亮，似乎窗外有什么东西挡着，也许是巨大的树冠。可秋日的风却能挤进来，肆无忌惮地游走，舔着它能够着的所有东西。中年男人从房屋出来，青年正好进店，两人擦身而过的瞬间，目光交接，不约而同地自我介绍：

我是亨伯特。

我叫拉斯柯尔尼科夫。

两位小说的主人公不可思议地在小镇旅店相遇了。毫无疑问，这是我的想象，或者说，是我的安排。我不只安排这二位见面，还让其他永远没有可能的主人公在酒吧对饮。这是游戏，也不是游戏。随着书架的丰满，阅读方式也在变。我常常把两本或多本书放在一起读，比如《洛丽塔》与《罪与罚》。无论内容还是风格，这两本著作没有任何相同之处，之所以放在一起，就是因为纳博科夫不怎么瞧得上陀思妥耶夫斯基。我当然是陀氏的崇拜者，但我也喜欢纳博科夫。所以在看到纳博科夫那句话后，我极其震惊。如果陀氏读过纳博科夫，会如何评价？亦有鄙夷吗？这位巨匠怎么评价对方，对我的阅读并未有什么实质影响，完全可以不理，但好长时间，我转不过弯儿来。我承认，如果不是这个弯儿，我不会将两本书放在一起阅读，脑里不会闪现荒诞的场景。但开始阅读时，发现也蛮有趣的。均无涉宏大叙事，一桩凶杀案，一个中年男人的意乱情迷。小而又小，俗而又俗。我们常说材质，这样的材质怎么称都不够分量，但这微不足道的斤两被两人打造成巨著。不同的方向，同样的结果，这就是大师的魅力。我不知喜欢陀氏的读者更多，还是喜欢纳博科夫的更多。其实，那对我毫无意义，但我仍有期待，所以，安排亨伯特和拉斯柯尔尼科夫在小镇相遇，那时，我方意识到两个不同的人有着同样的心理辨识能力。

《所有的名字》《梦幻宫殿》《白色城堡》，字数都不多，十多万字的样子,放在一起读并不是都与梦幻有关,都写了特殊的权力部门,固然,也有这个因素,但更重要的是因为它们的识辨码。只要轻轻瞥过,再难忘记。它们是如此醒目,如此特别。

读萨拉马戈时,我自觉有影响的作品读得不少了,至少,被世人推举的名著都已经入列书架,品尝过不同的语言风格和叙事套路,算是见过点世面的阅读者了,但仍被惊到了。萨拉马戈太不同了。他叙写的世界极其小,小到你从未听闻,但那个世界又是如此的大,大到能盛下所有人,能盛下所有人一生要面对的所有问题,疾病、恐惧、焦虑、困境、生死。是的,他的作品烟火气没那么浓,故意滤掉了。《所有的名字》未必是萨拉马戈作品中分量最重的,但是我最喜欢的一部。在若泽寻找时,我就像一个尾随者,随他进入那个奇异的世界。我常有窒息的感觉,那个世界的空气是稀薄的,充满着不确定,所以,作为窥视者,我比若泽更紧张。意外当然有,否则就没那么刺激了。结果当然也有,若泽离开了,而我仍留在那里。

卡达莱的《梦幻宫殿》在阿尔巴尼亚刚刚出版就被禁了。这不是吸引我的理由。在《谁带回了杜伦迪娜》后,我买齐了卡达莱的作品,《梦幻宫殿》不过是按计划阅读的书目之一。但几页读过,便沉陷其中。梦幻宫殿是奥斯曼帝国的机构之一,由执政苏丹亲手创办。它不是通常意义上的权力机构,是我们从未听过的:主管睡眠和梦幻。每天清早,人们醒来首要做的不是刷牙做饭,而是前往乡村的征梦官那里报告自己做了什么梦,然后由征梦官报往上一级机构。在帝国的土地上,一辆辆马车拉着梦幻,前往首都。很恐惧,但那就是帝国的日常。如果说阅读《谁带回了杜伦迪娜》让我喜欢上卡达莱,那么《梦幻宫殿》让我对他充满了敬意。《梦幻宫殿》不是别人评说的寓言,绝对不是。阅读结束了,但声音仍在回响,那是拉着梦幻的马车奔跑在大地上的声响。

帕慕克的《白色城堡》就叙述的智慧和别致,就语言的弹性和湿润,比《我的名字叫红》弱了些,但在帕慕克的小说中,它是特别的。叙写的故事简单了些,而其语言则近乎是白描的,但帕慕克却写出了丰富的意味,而且,正因其简,让人惊讶于石缝开花的奇妙,惊讶于花朵的艳丽。

三部作品都与梦相关,只是形式有别。

《喧哗与骚动》《白痴》《傻瓜吉姆佩尔》也曾放在一起。精明世故的人太多了,傻子也不稀缺,但有趣可爱的傻子没那么多。班吉、梅诗金、吉姆佩尔各人的寓意不同,但都讨人喜欢，至少我喜欢。为什么写一个傻子却能成就伟大的作品？我为什么这么喜欢傻子？我自认找到了答案，也许没意义，找到了又能如何？能写一部关于傻子的小说么？即使写了，能写成名著么？说实话，我从没这样问过自己。阅读，就是最大的意义。他们穿越时空，面目从未模糊，因为他们已经不朽，而不朽之身覆盖着阅读者的凝视。我是其中之一。

有时并未有明确的目的，不过是凑巧，比如裘帕·拉希莉的《停电时分》和厄普代克的《断电》。两人都是美国作家，拉希莉是印裔。厄普代克2009年去世，拉希莉年轻得多。我出门喜欢带短篇小说集，所以，这两个短篇都是在不同的旅途读的。回忆小说，沿途的风景也时常浮现，这该是阅读的另一种乐趣。《停电时分》写一对同居男女在一个屋檐下互不见面，一次意外的停电迫使两人坐在一起，对着烛光讲述内心的秘密。而《断电》写男女邻居因为停电互生情愫，但突然来电改变了故事的走向。电，人类伟大的发明之一，在小说中，既是叙述的起始，又是斩断叙述的利刃。它无形状，但有能量，它是媒介，也是象征。只不过，厄普代克叙述密实，就如小说中来势凶猛的风雨，而拉希莉的文字更轻盈。那是不同风味的点心。

不同的作品放在一起读，只是个人喜好，它让我尝到了单阅不曾尝到的滋味。另一种读法是通读某一个作家的作品，自然，这也不是我的创造。只是年龄不同，同样的作品，能读出不同的意味。就像远行，我可以选择多种方式，飞机、火车、自驾，给人的感受是不一样的。去年，我按出版顺序读完福克纳，今年我开始读马尔克斯。这些日子正读《霍乱时期的爱情》。病毒阻步，阅读有着别样的意义。

## 谈诺奖作家

写作其实是我的副业,阅读才是主业。我喜欢的作家可以列出长长的名单,并不以诺奖为标准,全在个人的阅读趣味。有的作家没有获诺贝尔文学奖,但个人也是极喜欢的,如俄罗斯作家托尔斯泰、陀思妥耶夫斯基,墨西哥作家胡安·鲁尔福及近年才进入阅读视野的阿尔巴尼亚作家卡达莱。获诺奖的作家也不是全部喜欢,个人口味与评委标准常常不在一个频道。诺奖颁奖季来临,曾有过节般的激动,现在已完全平静。迷恋一部作品,可以反复阅读,随时间生长的经典,不止一部,从这个意义上讲,几辈子都够读了。我并非否认诺奖,只是想说吸引力于我,没有那么夸张。当然,时有惊喜。比如门罗,早在她获奖之前,我就读过她的小说集,喜欢她的叙述与文字,她获奖,感觉是收到了礼物。

言归正传,谈诺奖作家。从 1901 年至今,获诺奖的作家已一百多位,喜欢的作家也挺多的。我之所以说喜欢而不用影响,并非故意跑题,而是很难说得清。我不否认影响,但那是潜移默化不知不觉的。窃以为喜欢更准确。其实,阅读趣味也在发生变化,过去喜欢的,现在未必痴恋,反之亦然。应邀谈诺奖作家,一个个名字,一部部经典。我按拥抱的先后顺序列出三位:肖洛霍夫、福克纳、马尔克斯。

《静静的顿河》似乎大于作者的名字肖洛霍夫。肖洛霍夫没有更重要的作品,《顿河故事》朴稚了些;《被开垦的处女地》更像是符号的解读。或许是这样的缘由,《静静的顿河》真正的作者,曾有过争议。当然,定论是有的。数年前我读过关于肖洛霍夫生平的文章,生活中我不会喜欢这样一个人。忘了那篇文章的作者何人,想来不是空穴来风。自此,这个名字就不那么舒服了,但这并不影响我对《静静的顿河》的喜爱。

我最早收藏的图书,获诺奖的除了《静静的顿河》,还有托马斯·曼的作品,后者给我的阅读冲击远弱于《静静的顿河》。我喜欢《静静的顿河》巨象的体量，喜欢它河流般汹涌的气势。用森林形容也许更为恰当，茂密原始，既有高耸的树木，又有遍地生长的杂草，互为纠缠，互为傍依，百鸟争鸣，野兽嘶吼，因而生机勃勃。"麦列霍夫家的院子，就在村子的尽头，牲口院子的小门朝北，正对着顿河"，就这么开头了，朴拙，平淡。彼时如果我藏书够多，或许不会读的。因别无选择，勉强读下去，很快被吸引住，直至淹没其中。

在塑造人物方面，《静静的顿河》极为用心，也极为出色。格里高利、阿克西妮娅、娜塔莉娅等主要人物光彩夺目自不必说，次要人物，仅出场一次也有足够的立体感，足够的生动，而不是死板或呆板的，只有名字和相貌。比如格里高利战争期间的某次艳遇，女性出场，便能感觉到她的直率和火热。两性关系不仅仅是肉体的缠绵，还是历史洪流中个体命运的瞭望孔。在原始之外，混杂了别的更多的东西。小说时间跨度长，个体命运或大起大落，或悄然改变，但总归是那个人，一切有迹可循。可以这样讲，《静静的顿河》的人物都是主要人物，只不过有的在时代的浪尖上，有的在历史的褶皱中。能否刻画出个性鲜明并能嵌刻上历史、地域、文化印记的人物形象，对作家的能力是考验。

《静静的顿河》显然属于教科书级别。某些类似的人物生活中或许不鲜见，比如格里高利的情人阿克西妮娅，若在身边，或许厌嫌，但在小说中，却能喜欢她，这是作家的又一种能力。有时我问自己，为什么对不守规矩的阿克西妮娅的喜欢程度超过本分老实的娜塔莉娅？我找不出更多的答案，唯一的答案就是文学的魔力，或人物形象的魅力。故事结束了，那一个个人物仍在脑里奔跑，甚至伴有特定的节奏。

《静静的顿河》让我着迷的另一个缘由是关于自然环境的。我出生在坝上草原，村庄虽没有依傍大河，但遍野花草，对自然从小便有天然的亲近，因而读到关于风光的描写，几如黑熊吸吮蜂蜜，享受，贪婪。日月、星辰、树木、花草、雾霭、炊烟、霞光、晨露，天地万物，在生命之外被作家赋予了另一种力量。如果只想追着故事跑，风物的描写自然是多余累赘，可以跳过。但忽略了景致，故事是没有味道的。当然不仅于此，因为大段大段的景物描写并非是作料，也并非调节叙事节奏，我认为那种野性与哥萨克这一群体的性格有着天然的契合。

哥萨克这个称谓本身就蕴藏着故事和传奇。哥萨克一词源于突厥语，原意为"自由的人"，以剽悍勇猛闻名，当然也粗暴残酷。在战争中，多是夺目的形象。我读巴别尔的《骑兵军》在《静静的顿河》之后，骑兵军即哥萨克人组成，小说以外视角凝视，有凛冽肃杀的味道。《静静的顿河》人物众多，既有军人又有普通百姓，所涉及的行业从铁匠、车夫、仆人到牧马人等，战争场面与日常生活交替穿插，可谓哥萨克的立体传记。写什么与怎么写，写作者各有侧重，我以为二者同等重要，《静静的顿河》之迷人与哥萨克这一群体本身所具有的传奇有交互关系。

《静静的顿河》的细节也极用心。细节有两种，一种是从生活的身体里生长出来的，须有足够丰富的经验和阅历才可捕捉，一种是在想象的枝头开花结果。《静静的顿河》的细节多为前者。编织故事对作家来说并不难，难的是支撑故事，并让故事和人物光彩照人的细节。从另一个意义上讲，小说是由细节构成的。格里高利在开枪之际，先拍掉袖口的花大姐，不拍，当然也可以射击，但拍这个动作使他的形象有跳跃的感觉。这就是细节的魅力，如凌厉的子弹，瞬间把身体射穿。

初读《静静的顿河》是二十几岁，感觉像一个不会游泳的人，突然跳进汪洋大海。可以说，这部巨著是我青春的见证者。在写这篇文章前，我重读了小说。时隔多年，这部著作如陈酿，遍身的芳香依然有吸引力，但我再没有痴醉的感觉。我感觉它写得太满，吃不吃都端到面前，吃得足够饱，以至于有撑着的感觉。有些对话，有些描写可有可无，无比有更好。也许《静静的顿河》的魅力正在于其庞杂原始，如果剃掉葳蕤的花草，会变得疏朗清爽，其生机和野性也随之消失，与哥萨克这一群体的性格就不怎么搭了。这样也好，唯此它才成为自己。在琳琅满目的著作中，能被识别并牢牢记住也是极难得的。

与广阔的顿河流域相比，福克纳笔下的约克纳帕塔法县实在是小了些，然而就是这么个小地方，而且是虚构出来的，却长出了十五部长篇小说，几乎部部经典，堪称奇迹。

福克纳获1949年诺奖，比肖洛霍夫早十四年，但我阅读福克纳却是在读《静静的顿河》十多年后。先读《静静的顿河》，因为买得到，而福克纳的作品未曾见到。在先锋文学独领风骚的时代，何止是落伍。当然，这个名字我是熟悉的，他总和意识流三个字联系在一起。这使我觉得不是我喜欢的类型，并无多少遗憾。终于有能力买书时，先购了《喧哗与骚动》，并且做足了硬啃的准备，在印象中这是一部相当难懂的作品，至少要掉几根头发，没想读得极其顺畅，可谓惊喜交加。这部长篇被某些文章渲染得天书一般，似乎全由符号构成，事实上，不谈叙述手法、长句子，其情节也是相当吸引人的。一本书便让我成了福克纳迷。之后陆陆续续购了他的其他作品。《我弥留之际》与《八月之光》更为好读，没有任何障碍。真正难读的是《押沙龙，押沙龙！》，开头便是240字的长句子，句子长倒在其次，我不习惯那种对话式的冗长的讲述方式，这部作品是啃完的，一句话有时需要读两到三遍才可通晓其意，时不时要翻到前面确定谁在没完没了地讲话。这需要极大的耐心，若非之前读过他的其他作品，或许就放弃了。就收获而言，感觉远不如《喧哗与骚动》《八月之光》。

福克纳迷肯定很多，无论在中国还是全世界，"他因对当代美国小说做出了强有力的和艺术上无与伦比的贡献获得诺贝尔文学奖"。如果五十年后再授颁奖词，美国小说或换成世界小说。

福克纳的魅力首先是文学版图的概念。说到文学背景，多是实有的时代和地图上能寻得见的地理,山川、河流、森林的位置都是固定的,实有的。但到福克纳,他构筑了属于自己的文学地图,约克纳帕塔法当然不是凭空想象的,有原型,是密西西比州北部的一个县,位于州界线上。但与原型不同,因有虚构的成分,更自由更灵活。更为重要的是,文学版图成为福克纳的识别符号。有种说法,福克纳是受巴尔扎克《人间喜剧》的启发,将十五部小说的发生地放在约克纳帕塔法。中国作家在这一点上也受到福克纳的影响,二十世纪八十年代,我在刊物上读到的中国小说有相当一部分有副标题,设法打上自己的印记,即便没有副标题,也能在作品中有所体现。莫言的高密,贾平凹的商州,苏童的枫杨树,鬼子的瓦城等等。即便现在,也能在一个作家的作品里辨识其文学源地。这是最易入手的耕种方法,至于是否闻得见稻香,望得到麦浪,那是另一回事。

我在写作之初,尚未读过福克纳,但见猫画虎,也给作品写了一个副标题"坝上系列",不过在发表时被编辑删掉了。而小说中频频出现的"坝上",编辑没有删,于是这个词汇就在我的作品中生存下来。事实上,每个作家都有自己的写作领地,只不过有的作家"招牌"更突出而已。为文学版图命名是容易的，但真正构筑却非易事，福克纳用十五部长篇让约克纳帕塔法成为文学的神话王国。

在叙述方式和结构方式上，福克纳让我受益甚多。某年参加文学笔会，格非先生讲课，其间有听者问他关于某作家作品的看法。格非没说好也没说不好，用的是文学语言，说其还没有进入叙述状态。我不知别人的感觉，于我有如惊雷。那个作家当时发表了许多作品，初学写作的我是极其羡慕的，而格非言其没有进入叙述状态。我明白一些，但又不能全然明白。待到读福克纳，我渐渐领悟到格非话中真义。确实，相当一部分小说是"讲"或"写"出来的，而非叙述出来。长篇小说的结构是美学，福克纳每部都有所追求和突破。虽然不完全是他的独创，比如《我弥留之际》，多声部结构，曾被批评抄袭了霍桑的《红字》，但他总有创新。福克纳是那种才华横溢、又对文字极其敬畏的作家。《去吧，摩西》原本是按短篇写的，不过是一个物体上的七个刻面，既相互关联又独立成篇。但到后来，《去吧，摩西》被认为是长篇小说，而这种既独立又关联的方式也成为一种结构方式，区别于其他长篇。

我迷恋福克纳的创造力与野心。现代派作家重叙述而轻人物塑造，但福克纳两方面做得都好。标签是别人贴上去的，于他而言，标新而不弃旧。《喧哗与骚动》《我弥留之际》，几乎每个人物都栩栩如生，这是非常了不起的，一些没有人物、面孔模糊的小说自诩现代派，而作为现代派作家的福克纳却在人物塑造上用心良多。同样是语言，比如《喧哗与骚动》中最自私的杰生，不是旁观，而是通过杰生的自我表白与自我辩解来完成，他的话语因为自述的可靠，而让其性格更鲜活更结实，他的恶更充分地暴露出来。

福克纳尤擅长心理描写，最大限度地调动意识感觉和想象联想，如同酿酒，行文始终弥漫着醉人的香气。《八月之光》中的克里斯默斯，在小说的前半部分我是不喜欢的，但到后半部分这个凶手让我隐隐有了痛感。他逃亡路上那部分文字，我百读不厌，那几页纸因为多次翻合，甚至变了颜色。这样的文字不只是读的，也可以触摸，色香味完美糅合，欲罢不能。

福克纳没有固守被贴上标签的风格，在突破中不停地吸纳，他有极强的野心。比如《八月之光》的结构和画面感，显然是汲取了电影的手法。这样的写法，初学写作是不会为的，因为有跑题之嫌，实在扯得太远了。《去吧，摩西》的人物是有关联的，《八月之光》的关联难以识别，但并不意味着不存在。一个又一个画面被他用无形的线串在一起，在八月里熠熠生辉。

福克纳的确是我非常喜欢的作家，至于真正的影响，却很难说得清。心领神会，妙不可言。只能这样表述。

写下马尔克斯的名字时，我稍有些犹豫。不是对喜欢马尔克斯的程度难以确定，而恰恰是太明白了，不仅明白我个人喜欢，还知道更多的人迷恋他，所以感觉未免有跟风的嫌疑。记得一次饭局，有人直言并不喜欢马尔克斯，之所以时常谈论马尔克斯，是因为不懂或不读马尔克斯意味着落伍和过时。如此率直，反显可爱。我想更多的读者是发自内心地喜欢，而不是作为时髦的装饰。当然，喜欢的侧重点不同，我也见过争论，为马尔克斯的作品排名，有的认为《百年孤独》最棒，有的则说《没有人给他写信的上校》最好，有人则喜欢《霍乱时期的爱情》。个人认为，争论这个并没有意义，审美不同，关注点不同，标准自然有差异。从更广的意义上讲，这是文学的美妙，帝王与平民各不相扰，萝卜白菜，各取所需。当然，前提是优秀作品的存在。在长篇中篇短篇上均有建树的作家并不多，马尔克斯无疑入列其中，单就篇幅而言均有代表性作品，且不止一篇。他作品众多，有的弱了些，但也在水准之上。日在中天，星光难免黯淡。

我读马尔克斯第一部小说是《枯枝败叶》。在诺贝尔获奖作家的选集里，印象并不深，直到读《百年孤独》，才有被轰炸的感觉。接着是《霍乱时期的爱情》《没有人给他写信的上校》。似乎那时能见到的马尔克斯作品就这么多，数年之后才购买到他的其他作品。两年前，我按写作时间顺序阅读马尔克斯。任何一个写作者都有脉络，我试图寻见，窥其变与不变，以及变与不变的路线与原点。在读《圣女》《纯真的埃伦蒂拉和她残忍的祖母——令人难以置信的悲惨故事》《我只是来打个电话》时，尽管自认熟悉马氏风格，仍有中彩加中弹的感觉。甚至颇有相见恨晚的遗憾。

写作者风格独树一帜并非凭空，均有根源，只是有的容易辨识，有的更隐蔽些，有的直白，有的隐晦。据说影响马尔克斯的是卡夫卡，马尔克斯读了《变形记》之后，感悟原来小说可以这样写，然后就开始写小说了。后来读墨西哥作家胡安·鲁尔福的《佩德罗·巴拉莫》，我猜马尔克斯或也受到胡安·鲁尔福的影响，或也可以说，同为拉美作家，对于现实与魔幻的关系关联有着相似的理解。这是地域文化的熏染，也是观照世界的方式。马尔克斯也说过，魔幻比现实更真实。他强调的不是什么，而是为什么。明白这一点，才能真正读懂马尔克斯。

我为什么迷恋马尔克斯，究竟是什么吸引我？有些能说清楚，有些真的难以描述。在我少年时代，我喜欢一个女孩，来得突然，难以辨寻是如何发生的，那种感觉多年后才渐消渐隐。这个句子像不像抄袭马尔克斯的？这就是作家的影响力，明明与他无关，但谁让他影响太深太广呢？辩解反愚蠢了。还是言归正传，谈马尔克斯吧。

马尔克斯最让我着迷的是他的想象力。想象力对任何一个作家都是至为重要的，这也是作家的基本功，每个写作者都明白，但是否真正做到是另一回事。想象可以从两方面谈，第一方面是无限。大师之高山仰止，就在于其无限。可以讲，写作凭的是想象力，没有想象力，谈不上创造。小说的整体需要想象，若拆解开，单独分析故事、结构、语言、叙述，每个因素或者要素都需借助想象力生发。新闻和小说是不相容的，如果一个作家根据新闻构思小说，肯定被视为三四流作家,即便是不入流的作家,也极少这么干。但马尔克斯就敢,诸多素材来自新闻,据说《霍乱时期的爱情》就是根据一则新闻写就的。作家的想象力,我最初是在初中时品味到的,同桌读《吹牛大王历险记》,我跟着读了些,就掐头去尾读的那部分,已如巨石沉湖,掀起冲天的波浪。多年后——以此句向马尔克斯致敬,我才知道作者是德国人。而马尔克斯于我,则是身没其中,被洪流抱拥,听得到还触得到。据说卡尔维诺的脑结构与常人不同,我揣测马尔克斯的大脑也是超常的。这就有点八卦了,似乎有失严肃。但我就是这么想象的。所以在魔幻轨道上与马尔克斯并行是极困难的,因为想象力不及,他是真的做到了无限。

想象力的另一面是有限。博尔赫斯说想象是上帝赋予我们最宝贵的能力之一。任何一个人,无论什么职业,只要活着,就会想象。买彩票想象中了大奖,射击想象击中靶心。只不过,作家的想象更有力而已。关于宇宙和时间的想象,作家比科学家早一百多年,从这个角度讲,人类的进步源于想象。

绕远了,回到马尔克斯。其实,就想象的无限而言,很多人是能够做到的。一个人可以想象自己如嫦娥那样飞到月球，飞到任何一个星球。但怎么飞呢？闭目冥想，然后就上去了。这显然构不成真正的想象。再以故事举例，任何一个写作者，哪怕是初涉写作，也会构思一个奇巧的故事，在无限方面自由驰骋。但问题就在这里，如果只是无限，那么想象只是水中月镜中花。想象力不是脱缰野马，恰恰需要笼头。有限就是那个笼头。这就涉及想象的第二个方面。

有限是什么呢？是不可能成为可能的逻辑。这个逻辑需要叙述和语言支撑。厉害的作家不只是无限做得好，更重要的是有限夺得牢。唯此，想象力才有意义，才能绽放光芒。纵观马尔克斯的小说，无论长中短，细节的繁殖能力、情节的生长能力都极为强劲。也因此，小说的逻辑是结实的，初读感觉怎么可以这样？但读后都是信服的。就《圣女》这个短篇，我读到三分之一便开始为马格里多·杜阿尔特担心，当然也是替马尔克斯担心，读了大半之后还有些怀疑，但随着叙述的推进，我信了，并怀着深深的敬意，对杜阿尔特也对马尔克斯。"杜阿尔特拖着疲惫的脚步走在路中间，穿着军靴，戴着那顶褪色的老罗马人的帽子，毫不在意雨后路上的水洼，里面的积水反射的光线开始暗下来。"我有了痛感。

以往读到的小说，时间多是线性的，马尔克斯的时间多呈立体感，这使他的叙述有连弩的效力，可以连续地多角度多方位发射。比如《百年孤独》的开头，这方面的叙述已经太多，在此不赘述，只想说的是，这样的影响还会持续下去。

## 声音之味

我嗓音不好,所以从不唱歌,普通话也说不标准,但我不能不说话,不能不说普通话。某次和人通话,说了不足十秒钟,他说你不要讲方言,讲普通话。我说我讲的就是普通话。我能想象对方懵呆的表情。我曾任过几年语文教师,想来就普通话而言是误人子弟的。不能不说,但可以少说。少说,自然要多听。听得多了,便觉出声音的色彩和味道。声音还能生发想象。

但有时候是必须要说的,不但要说,还要朗读。

某年深秋,我参加法兰克福书展,根据主办方的安排,其中一个环节是朗读。我用中文朗读自己的作品,德国同行用德语朗读我的作品。翻译告知我时,我没觉得紧张,还有些兴奋和向往。不紧张是觉得在那样的场合，懂中文的不多，普通话是否标准没那么重要。兴奋是因为德国有朗读的传统，早已闻知，如今终于能身临其境，现场体会了。

说一说有关朗读的那些事。

1958年，在德国格罗斯霍尔劳特一个叫老鹰的旅店里，四七社举行年会。君特·格拉斯受邀参加，那时，他只是个默默无闻的诗人和版画工，靠给广播节目写稿勉强维持生计。他形容自己穷得像狗一样，四七社的组织者也说他像一个乞讨的吉卜赛人。就在那年的年会上，君特·格拉斯朗读了自己尚未出版的长篇小说《铁皮鼓》的第一章。在他读完开头几句话之后，整个大厅里的人像遭到了电击。有的停止了做笔记，有的张大嘴巴，竖直耳朵，有的因陶醉而摇头晃脑。

君特·格拉斯一读成名。别说他自己高兴，参加年会的出版商、作家、编辑都极兴奋，决定颁奖给他。四七社没有经费，三年没颁过奖了。颁奖需要钱，怎么办呢？一个出版商提议捐赠，当即拿出五百马克，其他人也各尽其力，一个小时筹集到了三千马克，比奖项所需的数额多出两千马克。这已经超出文学的魅力范畴，分明是魔力了。

对于彼时穷困潦倒的君特·格拉斯，那一千马克可谓雪中送炭。但对一个作家而言，更重要的是作品的成功，是同行、评论家的认可。同样是在四七社的聚会上，1962年，君特·格拉斯朗读了《狗年月》；1977年朗读了《比目鱼》。可以说，他的作品是写出来的，也是读出来的。

奥地利女诗人英格博格·巴赫曼也是在四七社的朗读上成名的。有一次近两千人来聆听，寒冷秋日，还下着滂沱大雨，但冷雨没浇灭听众的热情。几乎一半的听众站着听完了几个小时的朗读，很多人只能站在外面，通过一个扩音器才能听到巴赫曼的声音，没有一个人中途离开。

我的朗读当然没有君特·格拉斯和英格博格·巴赫曼那么精彩，作品没有那样的分量。重石击湖，才有浪花飞溅。现场也就二三十人，与两千人的场面着实难以比拟。但说实话，我并不觉得少，如果他们中途离开也没什么。朗读完，目光迅速划拉了一圈，没比起初多也没比起初少。我暗暗松口气，同时也挺纳闷，他们听不懂我读的内容，他们听什么呢？同行用德语朗读我的作品时，我边听边观察着多半是站着的人，他们很专注。他们是听得懂的，我听不懂，虽然是我的作品，我不知女孩读的是哪一章哪一节。因为听不懂，我更在意她的声音和语调。顿时豁然。我朗读时，他们一定也为听我的声音。

内容自然是首要的，君特·格拉斯的成功是因为作品本身，而不是他朗读的声音好，但我相信也有声音的功劳。那不仅仅是君特·格拉斯的声音，也是《铁皮鼓》的声音。我同样认为，声音从来不是空的，自有其味。再进一步讲，声音本身是会说话的，在于你能否听得出，能否听得懂。

辛丑春日，我与评论家何平、作家叶子就拙作《有生》做了一次对谈，没有朗读的环节，这是再正常不过的。吾土有朗诵诗歌的传统，但没有朗读小说的习惯。《朗读者》这样的小说也只有德国作家写得出来。什么样的土地长什么样的花草，反之亦然。骆驼刺长在北方的沙漠，莲花绽放于南方的池塘。当然，朗读小说也不是不可，后来在成都宽窄巷书店，搞了一次《有生》的朗读会，效果也蛮好的。自然是专业人士朗读，若是我读，就把人吓跑了。

何平先生提及声音，他说我们对声音的感知能力已经弱化，甚至退化。这个话题突然让我兴奋。我在小说中塑造了一个叫祖奶的百岁老人，她不会说不能动，却有聪敏的听力，"能听见夏虫勾引配偶的啁啾，能听见冬日飞过天空的沙鸡扇动翅膀的鸣响，能听见村庄的呓语，亦能听见暗夜的叹息"。何平先生定是有乡村经验的，所以才有此言。我兴奋不是因为他关于小说的评价，而是勾起了我的乡村记忆。在《有生》中我虽然用一定篇幅写了声音，但依然有声音没写进去，即记忆中的乡村声音。写作是自由的，但也不能没方向地跑。我计划日后专书，既然何平先生提起，不妨先撰几笔。

乡村的声音是丰富的，春夏秋冬，风雨雷电，猪狗鸡羊，牛马驴骡；从清早至黄昏，从黄昏至黎明，各有其声各有其调，有自然的也有时代的，"锔盆锔碗锔大缸"，"磨剪子来抢菜刀"，就这吆喝声也能写一本书。

说到听的能力，一点也不夸张的。两中年男人铡草，十二三岁的我在一边观看。和包公铡陈世美的铡刀类似，只是刀上没有龙虎标识。他们边铡边聊着一些家常话，突然传来驴叫。驴叫是寻常的，没什么特别。但其中一人听完便说这驴发情了，另一人则说昨日就听出来了。我甚为惊异，不知他们怎么听出来的，我知道的是难听的驴叫声里藏着讯息。

我的外祖母也有这样的能力，她擅长听鸡的叫声。我家养了十几只鸡，母鸡下蛋都在偏房，偏房吊了两个柳条筐，筐底铺了些杂草。母鸡下蛋时，自觉地跳到筐里。这个不用驯教，母鸡天然都会。母鸡下了蛋，定要咯咯叫，这个不难，我也听得出，每闻叫声，跑去偏房，定能摸到一枚热乎乎的蛋。每个在乡村生活的人都能听得出，这不算什么。外祖母的能力是能听出丢蛋鸡的叫声。所谓丢蛋，即鸡没有把蛋下在筐里。丢蛋有两种，一种是筐已有主，用现在的话说，就是没床位了，你住不进去。人可以等，但鸡不行。蛋就要跑出来了，鸡想等也不成呀。若是下到地上，蛋就碎裂了。本着忠心尽职的原则，急欲下蛋的鸡就会找个绵软的地方，比如柴垛，落了蛋，一通咯叫，提醒主人。另一种情况是淘气的鸡故意把蛋下在外边，还要隐瞒。它可以瞒别人，但瞒不住外祖母。外祖母一说坏了，我就知道是鸡丢蛋了。她能识别，但找蛋多半靠我。鸡也很狡猾的，有时下在很远的地方。外祖母是小脚，没我跑得快。我问过外祖母，她何以听得出，她笑眯眯地说不一样。我问怎么个不一样，她是说不出的。她并非不想教，而是难以说清，那能力更多是一种感觉，是经年累月的生活经验练就的。

我四爷爷从声音里预判年景和收成，有点玄学的意味。当然是有时间的，须在除夕之夜。如果在中国大地上找一个年年守岁至天明的人，我四爷爷一定是排上位次的。没有电视，甚至收音机也没有，在家人困了倒头睡去时，他仍坐在那里。新年的清早，拜年的上门，都要问他。他慢吞吞的，熬了夜，有些疲累的缘故，也有着天机该不该泄漏的犹豫和迟疑，但他终究会讲。他从声音的方位、声音的稠稀上判断，超出村庄，在更大的范围之内。我猜还有别的，他没有讲出来。他能判断出，其实也做不了什么的，仍然要靠天吃饭。四爷爷听得是否准确，我没有验证过。有些应该是应验了，有些未必如他所言，但无论如何，声音让他进入了另一个境界。

与声音有关的故事就更多了，他文另述。

叶子谈的是小说中另一个人物如花的性格和命运。但仔细一想，她说的还是声音。不是来自外部世界而是来自内心的声音。如花的丈夫离世后，她日夜思念，梦见丈夫变成了一只乌鸦。至于是否变成并不重要，重要的是她确信丈夫变成了乌鸦，像一朵枯萎的花朵汲取了甘露，她立马蓬勃了。有了念想，伤悲尽散，她日日去野外喂食乌鸦，从不间断。在他人看来，如花何止是痴，简直是傻,是中了魔。为什么这么认为?因为听不到如花心里的声音。

我常去文印店打印稿子,日久,店老板知我是个作家,请教了一个问题。他的亲戚是知名学校校长,家境优渥,儿女出息,论理亲戚该享受人生,可亲戚不打麻将不看电视,吃过晚饭便将自己关进房间写作。店老板满脸困惑,不知亲戚图的是什么。我未能给他满意的回答,有的人连自己内心的声音都听不到,倾听他人的心声,更不可能。

村里有个女人名声不怎么好,据说和多个男人有染。某个夜晚,出门的丈夫突然返家,抓了现行。那时村里还没通电,没有手机和微信,可一大早整个村庄全知道了。那女人该是抬不起头的,但她照样下地干活,照旧说笑,仿佛什么都没发生过。村里人对她的评判是不要脸,我自然也这么认为。几年后,我在文学名著里看到了相似的身影,比如《静静的顿河》里的阿克西妮娅。无论是哈萨克村庄的规矩还是按吾村庄的观念,阿克西妮娅都是不正经的女人。照理,我该唾弃她,但我做不到。不但做不到,还很喜欢她。我应该喜欢娜塔莉娅才对,她乖顺安分,好女人该有的她身上都有。但就是这么奇诡荒唐,她未能如阿克西妮娅那般,似乎有钢索般的力量牵拽着我。《包法利夫人》中的爱玛,和不同的男人约会,她未能如阿克西妮娅那样吸引我,但我也不鄙厌,中年后再读就特别理解她了。至于《安娜·卡列尼娜》的安娜更是让人疼惜,如果可以把她从铁轨上拉起来,我毫不迟疑。

　　为什么在生活中我轻视的女性,一旦进入小说,就会喜欢甚至迷恋呢?我想一个重要原因是在文学中我听到了她们内心或痴狂或柔软的声音。这要感谢大师们,是他们给予了我倾听的能力。